Im Jahr 1412 wird im lothringischen Domrémy ein Bauernmädchen geboren. Keine zwanzig Jahre später wird sie als Ketzerin verbrannt. Aber Felicitas Hoppes ›Johanna‹ ist kein Buch über Johanna von Orléans. Dieses Buch ist Johanna selbst, die Geschichte unseres Aufbegehrens und der eigenen unersättlichen Sehnsucht.
Wie geht man mit einer Figur um, die jeder zu kennen glaubt, und über die auch in der Kunst längst alles gesagt scheint? In einer Zeit, in der zwar viel erzählt, aber nichts gehört wird, bleibt Johanna eine Provokation. Dies ist ein Buch, das davon handelt, wie man Geschichte macht, wenn man erzählt. Auf den Gang der Geschichte antwortet diese ›Johanna‹ mit der Passion der Literatur, auf die Passion der Johanna mit einem Gespräch über unsere eigene Angst. Felicitas Hoppe verzichtet auf die Rekonstruktion der Biographie. Stattdessen erzählt sie mit historischer Genauigkeit und poetischer Intensität einen Traum von der Wirklichkeit – denn was sind Bücher gegen die Welt?

Felicitas Hoppe, geboren 1960 in Hameln, lebt als freie Schriftstellerin in Berlin. 1996 erschien ihr Debüt ›Picknick der Friseure‹, 1999, nach einer viermonatigen Weltreise auf einem Frachtschiff, folgte der Roman ›Pigafetta‹, 2003 ›Paradiese, Übersee‹ und 2004 ›Verbrecher und Versager‹. Für ihr Werk wurde Felicitas Hoppe mit zahlreichen Preisen ausgezeichnet, u.a. mit dem Aspekte-Literaturpreis (1996), dem Ernst-Willner-Preis im Bachmann-Literaturwettbewerb (1996), dem Brüder Grimm-Preis (2005), zuletzt dem Bremer Literaturpreis (2007). Ihr Werk wurde in zahlreiche Sprachen übersetzt.

Unsere Adresse im Internet: www.fischerverlage.de

FELICITAS HOPPE

Johanna

ROMAN

FISCHER
TASCHENBUCH
VERLAG

Veröffentlicht im Fischer Taschenbuch Verlag,
einem Unternehmen der S. Fischer Verlag GmbH,
Frankfurt am Main, März 2008

Lizenzausgabe mit freundlicher Genehmigung
der S. Fischer Verlag GmbH, Frankfurt am Main

Druck und Bindung: Clausen & Bosse, Leck
Printed in Germany
ISBN 978-3-596-16743-2

Par mon Martin!

Prolog

Johanna wurde in der Dreikönigsnacht geboren. Die Tiere begannen zu sprechen, die Brüder hielten den Stern in die Höhe, nur die Könige konnten sich nicht einigen.

Neunzehn Jahre später, als der Bischof endlich begann, das Todesurteil zu verlesen, und der Scharfrichter sich mit dem Karren näherte, verließen Johanna die Kräfte. Sie unterbrach den Bischof und sagte, sie werde alles tun, was man ihr auferlege. Die Engländer empörten sich, warfen Steine und schrien, Bischof Cauchon sei ein Verräter. Johanna, die weder lesen noch schreiben konnte, unterzeichnete die Abschwörungsformel mit einem Kreuz. Dabei lachte sie, und die Engländer schrien noch lauter.

Am siebenundzwanzigsten Mai erhielt der Bischof die Nachricht, Johanna sei rückfällig geworden, habe wieder Männerkleider angelegt und alles widerrufen, was sie unterschrieben hatte. Am dreißigsten Mai, gegen neun, flankierten achtzig oder achthundert englische Soldaten ihren Karren auf dem Weg zum Alten Markt von Rouen. Trotzdem gelang es einem gewissen Loiseleur, auf den Wagen zu springen und Johanna unter Tränen um Vergebung für das ihr angetane Unrecht anzuflehen. Mit Not entkam er den Engländern.

Eine Stunde lang stand Johanna auf dem Marktplatz, während Nicolas Midi eine Predigt hielt und der Bischof ein zweites Mal das Urteil verkündete. Johanna verteidigte ein letztes Mal ihre Könige, die allerdings abwesend waren.

Bevor man sie auf den Scheiterhaufen führte, setzte man ihr eine Papiermütze auf, darauf standen für alle, die lesen können, drei Worte. Vornweg ging Bruder Ladvenu, der, auch für Abwesende gut sichtbar, das Kreuz in die Höhe hielt, bis Johanna ihn bat, von der Leiter zu steigen, weil das Kreuz in Gefahr stand, Feuer zu fangen. Sie selbst hielt ein kleines Holzkreuz in der Hand, das ein englischer Soldat für sie zusammengezimmert hatte.

Sie verbrannte lebendig, denn man hatte den Scheiterhaufen so hoch aufgerichtet, dass der Henker ihr keinen Gnadenstoß geben konnte, obwohl es ihm leid um sie tat, weil er um seine eigene Seele fürchtete. Einige auf dem Platz weinten, darunter auch Engländer.

Johannas Reste, Asche und das Herz, das den Feuertod manchmal übersteht, wurden vom Gerichtsdiener Jean Massieu in die Seine geworfen.

Mützen

Damen und Herren, was bleibt, ist ein Rätsel. Was ist das? Schwimmt wie ein Fisch, heult wie ein Hund, fällt auf die Knie wie ein Bettelbruder und feiert sich wie ein französischer König.

Das menschliche Herz, ruft Peitsche, der alles verträgt, nur keinen Rauch. Er weiß, dass mir Rätsel zuwider sind, also löst er sie rasch. Er verbringt seine Zeit nicht mit Innenfutter, sondern mit Stoff, mit der Nachbildung von Papiermützen, die er abends faltet, nachts beschriftet und morgens im Hörsaal prüfend ins Licht hält. Der schönste und beste Schüler von allen, der vorn in der ersten Reihe sitzt, wie auf dem Kutschbock, und längst keine Lust mehr hat mitzuschreiben, weil er weiß, dass Johanna nicht liest, oder weil er sich vor seiner Handschrift fürchtet, die sich vom Lernen nicht trennen kann.

Eine Linkshänderhandschrift aus Kränkung und Ehrgeiz, kleine, eng aneinandergedrängte Buchstaben, unruhig nach innen verdreht und verspiegelt, aber immer bergan und längst promoviert, summa cum laude. Über die Ökonomie der menschlichen Herzen, das eine verbrennt, das andere nicht.

Doktor Peitsche, mein Vorbild. Schnelle Zunge, helle Stimme, schlagende Rede, biegsamer Gang. Ich bin längst verliebt, zwar ohne Titel, aber Spitznamen darf ich trotzdem vergeben, und er trägt seinen Namen mit Stolz, vielleicht auch aus Trotz, wie ein unerwünschtes Geschenk, mit dem der Träger den Schenker bestraft.

Peitsche voran, und ich hinterher, die Zunge auf Grund. Kann auch sein, dass er fliegt. Wie sonst ließe sich das Tempo erklären, mit dem er so schwungvoll an Höhe gewinnt, dass ich ihn kaum noch erkenne, während ich am Boden klebe und versuche, Abschied zu nehmen. Erstens vom Henker, zweitens von Cauchon, drittens von Ladvenu, scheinbar leicht von Midi. Wie eine Feder entkommt Massieu.

Nur Loiseleur werde ich nicht los. Nacht für Nacht besteigt er meine Träume, als säße ich neben ihm hinter dem Vorhang, den der Bischof für uns aufgehängt hat, damit man uns im Gerichtssaal nicht sieht, wenn wir wieder gemeinsam die Unwahrheit schreiben, nicht das, was Johanna sagt, sondern das, was der Bischof hören will, um die Klarheit der Aussage zu verwischen.

Mai Vierzehndreieins. Wir frösteln, sobald wir zu schreiben beginnen. Kann auch sein, mir ist bloß die Decke verrutscht, oder Peitsche knirscht im Schlaf mit den Zähnen, wenn Loiseleur wieder auf den Karren springt und um Vergebung schreit. Im Halbschlaf werfe ich Steine, Bruder lauf, die Engländer kommen. Aber Loiseleur ist kein Läufer, sondern ein Hund, der sich duckt und nach Seelen schnappt. Nur hatte Johanna gar keinen Hund, sie war allein unterwegs. Ein Hund wäre ihr bis ins Feuer gefolgt, immer bellend voran, die Angst ins gesträubte Fell gewickelt, als wüsste er, wohin mit der Angst.

Wenn die Angst bei mir ist, habe ich keine Angst, die Angst nimmt mich bei der Hand und führt mich, aber wer sagt mir, dass man Hunde nicht täuscht? Womöglich genügt eine Mütze, ein Papiereimer über den Kopf gestülpt, um den Hund vom Weg des Herrn abzubringen? Ein leiser Befehl, schon folgt er uns überallhin, ins Zentrum der Hitze, in den Abgrund des Wassers, ein Stöckchen, grundlos ins Weite geworfen, spornt seinen Ehrgeiz an. Er stutzt, bleibt stehen und dreht sich im Kreis. Er kennt das Spiel nicht.

Nichts als ein altes Gesellschaftsspiel, ein Rätsel, das auch Peitsche nicht löst: Erkenne den König, den Mann am Klavier, die Zweitfrau am Ring, den Priester im Schaf, den Hund in der leichten Jacke des Dichters, den Souffleur in der Kiste, das Publikum am erschöpften Applaus, die Jungfrau in der gefütterten Rüstung. Lauter Hasen der Angst unterm stampfenden Schritt, ein Kind unterm Helm.

Von Helmen verstehe ich gar nichts. Ihr Gewicht von oben nach unten bedrückt mich, wozu überhaupt ein Dach überm Kopf? Ich träume von einem bescheidenen Sturm, wie die Nuss davon träumt, dass einer sie knackt, damit ich endlich aufwachen kann, damit endlich alles zum Vorschein kommt, wovon Johanna nichts weiß und was mich so gründlich mit Peitsche verbindet: Feigheit, Gewohnheit, Manieren, der Wunsch nach der besseren Hälfte des Mantels. Die Suppe, die Arbeit, das Bett. Und Mützen auf allen Fensterbänken.

Nacht für Nacht pocht Peitsche auf Aufmerksamkeit. Dabei weiß er genau, wie schlecht ich Wahrheit vertrage. Stecken und Dreck, immer aufs Auge und Zahn gegen Zahn. Hundert Jahre Krieg! Was soll ich in der Vergangenheit? Wo liegt übrigens Frankreich? Ich will nicht hinter Vorhängen hocken, ich will kein Wächter von Schatten sein, die alles vertragen, nur keinen Rauch.

Wie das Kreuz und die Hauben der Damen. Die Tür ist zu niedrig, die Haube zu hoch, die Lösung einfach. Nimm das Beil, schlag den Türrahmen himmelwärts aus, und die Dame kann gehen. Aber Johanna ist keine Dame.

Damen und Herren. Ein Tanz in den Mai. Ein kleines Kostümfest auf Peitsches Balkon. Lauter Nebenfiguren, jeder auf seine Art lächerlich. Ich unter Hauben und Peitsche in Rüstung, beide von oben bis unten in Blau, Johannas Lieblingsfarbe.

Wir erkannten uns gleich, am selben Thema. Seit Jahren schreiben wir über die Jungfrau, zwei falsche Priester kurz vor der Weihe, aber jeder eine Schwelle für sich, über die keiner kommt. Wächter in Waffen, die nichts zu verteidigen haben, nur Thesen und Mützen, nicht mehr als drei Worte, die trotzdem nicht über die Lippen kommen. Wozu sprechen, wir können ja lesen.

Peitsche stand in der Küchentür, wo er heute noch steht, wenn er glaubt, es ginge plötzlich ums Ganze. Vielleicht sprach er sogar eine Einladung aus, die ich nur nicht verstand, weil er einfach zu leise sprach. Stimmen, die sich niemals erheben, überhöre ich gern, diese biegsame Mischung aus Klugheit und Kränkung. Geliebter Spiegel, das bin ja ich selbst, die immer den Tisch deckt, und nie wird gegessen.

Plötzlich hob Peitsche das Visier. Achtzig oder achthundert englische Soldaten, sagte er fröhlich, das ist keine Kleinigkeit. Man fürchtet sie, also muss man sie füttern. Obenauf die Getränke. Danach achtzig frisch bezogene Betten, ein tiefer traumloser englischer Schlaf. Der Rest fällt unter den Tisch, schläft auf dem Gang, auf der Schwelle, auf dem Karren, vor der Tür, auf dem Platz. Sind Sie übrigens schon in Rouen gewesen? Auf dem Alten Markt? Vermutlich nicht, und das ist ein Fehler. Man muss schließlich sehen, was man beschreibt. Das Feuer, den Lärm, den Hunger, den Durst, die Feindschaft. Vor allem die Freude nach getaner Arbeit. Wie weich und sentimental alle werden, wenn der Scheiterhaufen langsam herunterbrennt und sich zurückverwandelt in das, was er ist. Nichts als ein englisches Lagerfeuer. Lieder werden gesungen, Stöckchen unter die Asche geschoben, auf der Suche nach Resten, nach Funden, nach Zeichen, nach irgendwas, das wir lesen können und das die ganze Geschichte erklärt. Aber Massieu hat ganze Arbeit geleistet, keine Spur. Alles ist in der Seine verschwunden. Tatsächlich, man müsste Gerichtsdiener sein. Ein Taucher.

Er schnappte nach Luft, hob sein Glas, und ich lachte, weil Peitsche kein Taucher ist, sondern ein Schwimmer, das sieht man doch gleich. Den Kopf immer oben, die Arme geschmeidig, zierliche Flossen, glänzend geschnitten, den Atem himmelwärts. Weshalb ich seiner Richtung schlecht folge. Kann auch sein, ich will nicht. Aber er prostete mir entschlossen zu, wobei er sogar ein wenig schwankte, obwohl er gar nicht betrunken war. Denn im Gegensatz zu mir trinkt Peitsche fast nie, und wenn, dann immer mit Sinn und Verstand, damit ihm die Gesten nicht verrutschen.

Geliebter Gegner, er dreht mir den Strick. Ich bin Spezialistin für Karrenritter, aber ich war nie in Rouen. Ich weiß auch nicht, wie man Paris buchstabiert, von Orléans ganz zu schweigen. Ich bin des Französischen nicht mächtig, eine herrliche, uneinnehmbare Sprache für Lehrlinge, die keine Meister werden, niemals kommt man ans Ziel. Lauter Spitzen und Sporen und Hauben und Ränder. Schlag den Türrahmen nach oben hin aus, die Dame bleibt trotzdem stecken, viel zu sehr mit sich selbst beschäftigt, wie immer, wenn zu viel Schönheit im Spiel ist. Schöne Sprache, schweres Visier, umständlich, wie der französische König, von dem ich nach drei Gläsern Wein nicht mehr weiß, der wievielte Karl dieser Karl wirklich ist.

Also stellte Peitsche sein Glas auf die Schwelle, weil er beide Hände auf einmal braucht, um sieben Finger nach oben zu halten. Die Linke wie einen Fächer gespreizt, zwei Finger der Rechten, addierend, daneben. Natürlich geht es ihm nicht um den König, er will mir nur seine Hände zeigen, Dirigentenhände, die ich anfassen möchte, weil sie nicht zu seiner Handschrift passen.

Achtzig oder achthundert englische Soldaten, sagte Peitsche, sieben Finger hoch in der Luft, Bischöfe und Priester gar nicht gerechnet. Lauter Loiseleure, eine Jungfrau, ein Henker, ein Scheiterhaufen. Aber weit und breit kein König in Sicht, das muss man sich immer vor Augen halten, wenn man wissen will, wer dieser König ist. Karl der Siebte. Natürlich nahm er Johanna nicht ernst. Er hielt sie für eine Zugabe, für einen Einwurf vom Land, für ein Schäferkostüm, ein Gretchen in Waffen, das Mädchen von nebenan mit dem Schwert, das an Wochenenden den Erzengel gibt.

Und Sie, fragte ich. Für wen halten Sie sie?

Er sah mich an, ließ die Hände sinken, ging kurz in die Knie und griff nach dem Glas. Dann erhob er sich wieder. Ich halte mich an das, was ich anfassen kann, sagte er. Übrigens führt diese Frage zu nichts, weil sie den Kern der Sache verfehlt. Die Vergangenheit interessiert mich nicht, ich glaube an das, was ich sehe und höre. Seit Jahren schreibe ich nicht mehr mit. Ich sitze herum, falte Mützen und passe auf, dass mir niemand die Stimmung verdirbt. Und manchmal habe ich Gäste.

Er lehnte im Rahmen der offenen Küchentür, er sprach leise und schnell, wie ein ungeübter talentlose Lügner, der nicht weiß, wie man Wahrheit verbirgt und dass man beim Lügen ernsthaft sein muss.

Natürlich, Gäste, rief ich, fast hätte ich die Gäste vergessen, und das Spiel. Sie haben uns doch ein Spiel versprochen, ERKENNE DEN KÖNIG, höchste Zeit, dass wir endlich zu spielen beginnen. Was allerdings die Spieler betrifft: Viele schlechte Kostüme. Wie soll man den wahren König erkennen, mindestens sieben maskierte Karls. Von den Damen zu schweigen. Ein schlecht besetzter Hofstaat. Ein Herold in Schwarz, ein gelblicher Narr, zwei bräunlich grundierte Hundekostüme, drei Fackelträger und ein Mundschenk, der nebenbei den Vorkoster gibt und aussieht wie schon gestern vergiftet. Und hinten links, an der Tür zum Balkon, ein Schellengewand, das die Ohren auf Schritt und Tritt beleidigt und seinen Träger unnötig beschwert. Der Mantel zieht ihn beständig nach unten, bis er am Ende tatsächlich kniet, was die Erscheinung nicht besser macht. Eine Niederlage in Glocken, so drückt man doch keine Verehrung aus. Nur der Karrenritter schindet ehrlichen Eindruck. Perfekte Maske, als hätte er einen Preis gewonnen, die Schandmütze trägt er mit Stolz. Der Rest sind lauter haltlose Köpfe, alle nicht jung, alle scheinbar verliebt, aber nur in sich selbst. Alle erschöpft und schwach in den Gesten, vollkommen hoffnungslos im Gespräch. Ich habe das vorhin ausprobiert, keine einzige echte Krone im Spiel.

Sehen Sie sich diese Könige an, sagte ich laut, denn ich will, dass es alle Könige hören. Sie setzen auf nichts als die Wirkung der Farben, auf die Kraft der Verwechslung. Alle sieben in Grün, grüne Siebenlinge. Als wäre Grün eine Königsfarbe.

Das sehen Sie falsch, sagte Peitsche mit Nachsicht und goss nach, nicht sich, sondern mir. Das sind keine Könige, das sind fahrende Ritter auf der Suche nach Damen. Grün ist die Farbe der jungen Liebe, die die Hoffnung noch nicht ganz aufgeben will. Darum steht es dem fahrenden Ritter an, immer grün gekleidet zu gehen. Aber das hat mit uns nichts zu tun, das geht vorbei. Gegen Mitternacht sitzen sie wieder am Tisch und gehen zu anderen Farben über, zum Beispiel zu Blau, der Farbe der Treue, der wirklichen Liebe.

Ein Atemzug, er pfiff durch die Zähne. Von der Treue hinüber zur Treulosigkeit, das ist ja nur ein Gedankensprung, das Gewand der Betrogenen ist die Cote Bleue. Der blaue Mantel der Torheit.

Und Weiß ist die Farbe der Einfalt, sagte ich laut und goss nach, tragbar nur für Kinder bis sieben. Ich wette, sobald Sie die Rüstung ablegen, tragen Sie nichts als ein weißes Hemd.

Und obwohl ich genau weiß, dass es da ist und, noch genauer, weiß, wo es sitzt, weiß ich, ich werde es heute nicht sehen. Denn natürlich legt er den Mantel nicht ab, der nur zum Schein eine Rüstung ist und bei näherem Hinsehen auch nicht ganz blau. Denn die Feindschaft trägt Gelb, ruft Peitsche, und das kommt ihm so zügig über die Zunge, als ließe er alle Würfel auf einmal fallen, die knallend über die Tischplatte rollen. Und immer hat er mehr Augen als ich.

Johanna wäre das nicht passiert. Johanna hasst Würfel. Sie hält sich auch nicht auf Kostümfesten auf, sondern trägt mühelos alle Farben auf einmal. Blau oder Grün oder Rot. Für England nur Gelb. Sie hält sich an das, was sie sieht und hört, zwei Augen, zwei Ohren. Haut und Kostüm fallen ländlich in eins. Sie erkennt ihn sofort, den König, der sich verstecken will, der sich duckt und errötet, weil er vor seinem Amt erschrickt.

Und Rot, sagte Peitsche, ist immer verfänglich, pompös und passt nie. Blason des Couleurs, altfranzösische Farbenlehre, das sollten Sie kennen. Sie wissen doch selbst, dass man Könige nicht mehr am Kopf erkennt, sondern nur an den Füßen, nicht an der Krone, sondern immer am Schuh.

Natürlich, rief ich, das herrliche Schwarz. Das Schuhwerk der Schriftsteller, Schiedsrichter und Nonnen. Rechthaberei, schwere Tritte, früher Tod, hochmütige Absonderung von fröhlicher Buntheit. Prunk und kraftvolle Düsternis! Blason des Couleurs. Schwarzes Wams, graue Hosen, gelbe Handschuhe. Nur dass hier niemand Handschuhe trägt, eine große Enttäuschung. Keine Dame, die einen Handschuh ausführt. Selbst Sie zeigen unbekleidete Hände, obwohl Sie den Blauen Ritter geben.

Wie schön, dass Sie mir den Ritter glauben, sagte Peitsche, weil er weiß, dass ich immer das Gegenteil meine. Nur blieb keine Zeit, das zur Sprache zu bringen, denn man hatte uns plötzlich prächtig umzingelt, alles drängte mit Macht in die Küche, alle hatten Hunger und Durst.

Und weil es auf Mitternacht ging und man kurz davor war, die Farben zu wechseln, hatte niemand mehr Sinn für Spiele. Die grünen Könige schwankten heftig und griffen zu. Dabei ließen sie sich von den Damen leiten, um genau zu sein, sie ließen sich stützen, während sie Häppchen auf Teller luden und auf dem Balkon verschwanden, wo man alles unbesehen verschlang, weil es dunkel und regnerisch war. Keiner der Esser sprach über Farben. Die Mahlzeit war einfach, aber nicht zu entziffern.

Haben Sie Hunger, fragte Peitsche leise, oder wollen Sie meine Mützen sehen? Dabei machte er sich im Türrahmen breit, sodass kein Platz blieb für meinen Hunger, auch nicht für Durst. Kein Wasser, kein Brot, nur sieben Finger, deutlich nach oben. Und das ist kein Spiel, jetzt geht es ums Ganze. Es geht um die Jungfrau. Ich stellte entschlossen mein Glas auf die Schwelle und sagte: Die Mützen.

So sind wir über die Schwelle gekommen, Peitsche voran und ich hinterher. Unerwartet und schwankend, in ein schlecht beleuchtetes Nebenzimmer, das womöglich ein Geheimnis enthält. Jedenfalls tut es so, oder wir tun so, oder ich tue so, und Peitsche tut nichts. Vielleicht hat er das Zimmer auch schon wieder verlassen und steht im Regen auf seinem Balkon, während ich auf die Fensterbank starre, dorthin, wo ich die Mützen vermute.

Lange, endlose Reihen von Mützen. Mützen in Schichten nach oben gestapelt, die einen sorgsam zusammengefaltet, die anderen himmelwärts aufgeklappt. Auf zum Gipfel des Fensterrahmens. Eine wachsende Kathedrale aus Papier, schwerelos und von größtem Gewicht. Schandmützen aller Sorten und Größen, alle vertraut und deutlich beschriftet, auch für Abwesende gut lesbar.

Eine Kinderhandschrift aus Ehrgeiz und Angst, Buchstaben wie nervöse Geschwister. Von links nach rechts die Mütze Loiseleurs mit der Aufschrift VERRAT, die Mütze Cauchons mit der Aufschrift ICH MUSS, die Mütze Midis mit der Aufschrift DAS URTEIL. Die Mütze Karls mit der Aufschrift DER SIEBTE. Die Mütze Trémoilles mit MESSER UND GABEL. Die Leibwächtermütze von Jean d'Aulon mit der Aufschrift KEIN BLUT, die Mütze des Henkers mit der Aufschrift UM GNADE. Die Mütze Massieus ruft ASCHE ZU ASCHE, die Mütze Dunois' ES DREHT SICH DER WIND. Und der Wind dreht sich wirklich, denn die Mütze von Warwick ist doppelt beschriftet: WAS FÜR EINE FRAU! WÄRE SIE DOCH EINE ENGLÄNDERIN.

Aber Johanna ist keine Engländerin. Nicht Fisch, nicht Fleisch, nur Wasser und Brot. Schnelle Zunge, helle Rede, stürmischer Gang. Nicht groß, sondern klein, nicht lang, sondern kurz, nicht blond, sondern braun, nicht höflich, sondern eckig und schnell. Wie nebenbei geschmiedet. Ein Wochentagskind aus Lothringen. Nicht schön, sondern ländlich. Gefährlich wie die Mütze von Jacques, mit der Handschrift des Vaters ICH WILL DICH ERTRÄNKEN, bevor du mit den Soldaten gehst. Deren Aufschrift lautet WIR KÖNNEN AUCH ANDERS.

Daneben die Mützen der Ritter und Reiter. Gilles de Rais mit der Aufschrift EIN BLAUBART und die Mütze La Hires DER RASENDE ZORN, von Johannas Waffenbrüdern der schönste. Von oben bis unten in Glocken gehüllt, ein Mantel voller lärmender Glocken, eine siegreiche Niederlage. Ein Mann, der nicht kniet, sondern hinkend immer nach vorne stürmt und seine knappe Zeit nicht mit Beichten vertut. Ein kurzes Gebet im Chor mit den Stiefeln: Gott, ich bitt dich, dass du für La Hire tust, was du wünschtest, dass La Hire für dich täte, wenn er Gott wäre, und du wärest La Hire.

Auch ich beginne jetzt leise zu beten, damit ich endlich die Mütze des Bruders finde, der Johanna bis heute das Kreuz vorhält. Die Mütze von Bruder Ladvenu, die mehrfach gefaltete Feuerleiter mit der großen und praktischen Aufschrift DIE ANGST.

Die Angst nimmt mich bei der Hand und führt mich. Wenn die Angst bei mir ist, habe ich keine Angst. Aber wer sagt mir, dass man Brüder nicht täuscht? Dünnes Eis, leises Knacken unter den Sohlen, schon dreht sich der Wind und der Bruder im Wind. Und wie leicht der Bruder die Farbe wechselt, wenn der Wind aus der anderen Richtung weht. Alles verträgt er, nur keinen Rauch.

Auch ich würde jetzt gern die Richtung wechseln, aber die Angst hält mich fest und lässt mich nicht los. Ich kehre nicht um, ich gehe mit, um zu sehen, was ich nicht sehen will und was vielleicht nie jemand sehen sollte. Alle Mützen, die Peitsche gefaltet hat. Tag für Tag und von Woche zu Woche, in Wochen, aus denen Monate wurden, und die Monate, folgerichtig, zu Jahren. Ein Lebenswerk, eine Besessenheit, eine wilde Manie. Womöglich auch nur ein englisches Hobby, eine schrecklich verspätete Kinderkrankheit, die, wie jedes Hobby und jede Verspätung, ein eiskalt beleuchtetes Unglück ist. Als hätte jemand ein Licht angemacht, das sich nicht aus natürlicher Quelle speist und das den Betrachter kränkt und verletzt.

Aber bin ich mir sicher? Stehe ich wirklich im Licht? Für wen halte ich mich? Was will ich entziffern? Im Zimmer ist es stockdunkel, man sieht ja die Hand nicht vor Augen. Durch das Fenster, von oben bis unten von Mützen verstellt, dringt kein Schimmer. Ich höre nur leise und ferne Stimmen, Damen und Herren auf einem Balkon. Das Klappern der Messer, das Klirren der Gläser, das Gelächter der grünen Siebenlinge, das Bellen eines Hundekostüms, das vergeblich nach einem Stöckchen springt. Und den Vorkosterwitz des talentlosen Mundschenks, der schon im Erzählen für schlecht befindet, worüber ich nachher lachen soll.

Plötzlich wird es still. Als hätte mich die Gesellschaft verlassen, als wäre die Welt draußen eingeschlafen. Achtzig oder achthundert englische Soldaten, auf dem Flur, in den Gängen, unterm Tisch in der Küche. Sind Sie schon in Rouen gewesen? Alter Markt? Man muss nämlich sehen, was man beschreibt. Die Verzweiflung nach getaner Arbeit, wenn der Scheiterhaufen herunterbrennt und sich verwandelt in das, was er ist.

Ich stehe wie in den Boden geschraubt. Ist das hier wirklich ein Nebenzimmer? Ein Hobbyraum, eine harmlose Werkstatt? Oder tut es nur so, oder ich tue so, oder Peitsche tut so, weil er hofft, dass die Mützen nur Mützen sind und folglich nur eine Nebensache, die man in Nebenzimmern betreibt?

Als wüsste er nicht, was auch ich längst weiß. Dass Nebenzimmer die Hauptzimmer sind, Paläste des Unglücks. Das Schlafzimmer und das Kinderzimmer, das siebte Zimmer, das Zimmer der Angst. Man muss wohl Helme und Rüstungen tragen, um trotzdem über die Schwelle zu kommen, ein Schwert gegen Träume.

Damen und Herren, die Wahrheit, was ist das? Das Gesicht eines Mannes, der im Hörsaal auf einem Kutschbock sitzt und sich zu Hause in Schandmützen auflöst, in Aufschriften, die nur ein Professor entziffert, für den Fall, dass er doch noch zur Hinrichtung kommt. Aber viel zu tun und so lebhaft die Strecke, dass man auf Abstecher besser verzichtet.

Kann auch sein, ich täusche mich. Vielleicht ist der Professor längst angekommen, von oben bis unten fröhlich in Grün, und liegt mit unterm Tisch, einer von achthundertachtzig Soldaten. Während Peitsche frisches Feuer ans Holz legt, weil der Regen versucht, die Flammen zu löschen.

Die Wahrheit ist einfach und leicht zu ertragen, ich kann keinen Lichtschalter finden. Also taste ich mich von Wand zu Wand, am Regal vorbei bis zur Fensterbank, von der Fensterbank mutig weiter nach oben, an den oberen Rand des Fensterrahmens, wo ich auch nichts finde, weshalb ich mich bücke, um unten nach Verstecken zu suchen. Ich hob sogar die Teppiche an.

Weiß der Teufel, wo sich das Licht befindet, das ich brauche, um diese Mützen zu lesen. Aber nichts. Ich höre nur leises Knacken und Knistern, das Rascheln der Kleider der Siebenlinge, die sich im Traum auf die andere Seite drehen. Ich höre das Rauschen des Regens, das Schlagen eines Löffels ans Glas.

Plötzlich stand Peitsche hinter mir, ein weißes Hemd in der Dunkelheit, als wäre er gar nicht weg gewesen. Heilige Einfalt! Er fasste mich von links an der Schulter, von rechts hielt er mir einen Nachtisch hin. Mehr war nicht zu holen, sagte er leise und aß ihn dann selbst, weil er sah, dass ich keinen Hunger hatte. Dann ging er hinüber zur Fensterbank, schob mit leichter Hand ein paar Mützen beiseite und machte Licht.

Ein sanftes Licht, das das Zimmer in eine Dämmerung taucht, die den Schrecken der Mützen verschwinden lässt. Schlafende Tiere. Harmlose Falter, die halb tot verstaubt auf der Fensterbank liegen und darauf warten, dass jemand sie wieder zum Leben erweckt. Oder darauf, dass ich sie endlich berühre, damit sie in Frieden zerfallen können, um am Jüngsten Tag mit den Flügeln zu schlagen, wie ein absichtsloser Teil der Natur.

Ich halte mich hier nur selten auf, sagte Peitsche, als spräche er eine Entschuldigung aus. Vielleicht aber auch eine Liebeserklärung. An die Mützen auf sämtlichen Fensterbänken, an die aufrechten Mützen in den Regalen, an die verlorenen Mützen unter den Schränken, an die schlaflosen Mützen auf seinem Bett, auf Decken und Kissen. Ein Gebet für die zertretenen Mützen auf dem Boden, schmutzige unvollendete Mützen, über den ganzen Teppich verstreut.

Erst jetzt sah ich, dass ich auf Mützen stand. Man muss sie einfach zur Seite schieben, sagte Peitsche. Mit der Fußspitze wedelnd, nach links und nach rechts, baute er mir eine Brücke, einen Pfad hinüber zum einzigen Stuhl, der in der Mitte des Zimmers stand. Mit der Hand wischte er die Mützen vom Sitz.

Aber ich will nicht sitzen, ich bin unterwegs. Also bleibe ich stehen und kneife die Augen fester zusammen, als könnte ich damit das Licht bestechen. Ich will sehen, was niemand sehen will und was man besser nicht sehen sollte. Denn ich kann nicht zurück, ich bin ja fast da. Ich wandere von Regal zu Regal, weil ich immer noch eine Mütze suche, von der ich weiß, dass sie hier sein muss, die einzige Mütze, um die es mir geht, die einzige unter den Mützen, die zählt.

Seit Jahren suche ich diese Mütze, drei Worte, die nicht von den Lippen kommen. Ich werde das Zimmer nicht eher verlassen, als bis ich die Mütze gefunden habe. Warum sonst bin ich hier, wozu das Spiel, wozu die fröhliche Farbenlehre. Ich kenne den König, was also soll die Zeitverschwendung. Ich habe keine Zeit zu verlieren, ich habe ein klares Ziel vor Augen, meine Aufschrift lautet ICH HABE ZU TUN.

Wer hat das nicht, sagte Peitsche, dann lachte er wieder. Und weil ich noch immer nicht sitzen will, setzte er sich selbst auf den Stuhl. Ein weißer König in Hemdsärmeln, die Arme nach oben gestreckt, sieben Finger hoch in die Luft. Eine schöne und beinahe versöhnliche Geste, halb Triumph, halb Ergebung.

Er weiß natürlich genau, was ich suche, er sucht ja dasselbe. Nur, wo nichts ist, da ist auch nichts zu finden. Massieu hat ganze Arbeit geleistet, das wissen Sie doch viel besser als ich. Alles ist in der Seine verschwunden, auch das Herz. Selbst Papiermützen, die nicht brennen, was allerdings ziemlich selten vorkommt, lösen sich im Wasser schnell auf. Und falls doch nicht: Die Wörter verschwinden immer, und immer zuerst. Eine Aufschrift, die keiner mehr liest.

Sind Sie schon in der Seine gewesen, fragte er. Können Sie überhaupt schwimmen? Sie sehen nicht aus, als ob Sie gern schwimmen, natürlich, möglich, dass ich mich täusche. Sie müssten einfach die Haube abnehmen, die übrigens ganz unmöglich aussieht, dann wüsste ich mehr. Wir könnten zusammen schwimmen gehen, in der Seine, in der Loire, von mir aus im Rhein, wo immer Sie wollen. Beim Schwimmen kommt man auf andere Gedanken, das heißt, die Gedanken verschwinden einfach, weil man mit Schwimmen beschäftigt ist. Mit Atmen, wenn Sie so wollen. Sie sehen nicht aus, als ob Sie das wollen. Vielleicht später, im Sommer, es ist ja erst Mai, keiner springt gern ins kalte Wasser. Übrigens, konnte Johanna schwimmen?

Soviel ich weiß, ist sie lieber geritten, sagte ich, denn von Pferden versteht Peitsche so gut wie nichts, obwohl er im Hörsaal den Kutscher spielt. Er winkt gern mit Zügeln und dreht mir den Strick, aber das macht mir nichts aus, denn ich sitze am Ruder. Vielleicht ist es aber auch umgekehrt, ich drehe den Strick, und Peitsche muss rudern, jedenfalls tut er so, oder ich tue so.

Oder wir beide tun so und spielen, wir wären jetzt unterwegs, auf irgendeinem Fluss dieser Welt, wo immer Sie wollen, das andere Ufer fest im Blick, drei Worte im Rucksack, wir kennen ja die Devise genau. Nur ist der Wind immer gegen uns. Er dreht sich andauernd und so heftig und schnell, dass wir, selbst wenn wir gemeinsam rudern, die Richtung einfach nicht halten können. Wir würden uns gern zu Hilfe kommen, aber gemeinsam sind wir nur doppelt verwirrt.

Heilige Einfalt, wie schlecht wir rudern, und wie schnell wir die weiße Fahne hissen! Wie sollen wir so eine Mütze finden, an der selbst Peitsche, der Mützenexperte, ununterbrochen seit Jahren faltet und die ihm auch heute Nacht nicht gelingt.

Ein Rätsel, das wir nicht lösen werden, eine Mütze, die keine Schandmütze ist, weshalb sie, wie man sie wendet und dreht, immer wieder zusammenfällt. Tags unter Schatten und nachts unter Licht, immer von vorn, immer neu und anders beschriftet. In Stunden, aus denen Tage werden, und in Tagen, aus denen die Ewigkeit wird, für Johannas Mütze entschieden zu kurz.

Eine schreckliche strahlende Jungfrauenmütze aus Auftrag und Absicht. Mit der Aufschrift ICH MUSS, mit der Aufschrift ICH WILL, mit der Aufschrift ICH WERDE, mit der Aufschrift ICH WEISS.

Damen und Herren, was ist das? Eine große gigantische Prahlerei. Kleine Buchstaben, so eng und so eilig zusammengedrängt, dass zum Atmen kein Platz bleibt. Lauter Buchstaben, die, ineinander verhakt, nichts als ein englisches Kreuz ergeben. Denn Johanna kann reiten, aber nicht schreiben, während wir uns nach menschlichen Aufschriften sehnen, nach MIR SCHEINT und ICH WÜRDE und VIELLEICHT HEUTE NACHT. Aber WOMÖGLICH ERST MORGEN. Und WAHRSCHEINLICH NIE.

So kommen wir niemals über die Schwelle. Wir bleiben in unseren Träumen stecken, immer dieselben Träume von vorn. Nächte wie Jahre, die zu Monaten werden, die leise im Schlaf in Wochen zerfallen, die quälend in Tagen und Stunden aufgehen, die wir schlaflos in Minuten zerlegen. Schafe, die zu Sekunden werden, jede einzeln und lang wie die Ewigkeit, auf die wir uns ständig vorbereiten und auf die wir nie vorbereitet sind.

Denn immer dann, wenn ich glaube, ich könnte entkommen, springt Loiseleur auf den Karren und will mich verwirren. Jedes Mal eine andere Farbe, vorgestern Grün, gestern in Blau, heute in Rot, morgen in Gelb. Und übermorgen, ich wette, in Braun, mit Abstand die hässlichste Farbe von allen. Folglich also die sicherste, sagte Peitsche und lachte.

Auch ich wäre gern in Sicherheit. Bruder, du läufst, und ich bleibe liegen, denn ich träume noch immer von Händen und Schlaf, von einer warmen gefälligen Decke. Also gut. Er stand auf, löschte das Licht und schob mich zur Tür, durch die Tür in den Flur, vom Flur in die Küche, von der Küche hinaus auf seinen Balkon.

Hitze herrscht im gefütterten Mantel. Höchste Zeit, aus der Haube zu kommen, die tatsächlich ziemlich lächerlich ist, wie ich feststellte, als ich die Damen sah, die zwischen Tellern und Gläsern schliefen, neben den grünen Königen, die sich im Halbschlaf drehen und wenden, weil sie die Richtung auch nicht kennen.

Aber darauf kommt es nicht an. Wer einmal beschlossen hat, König zu sein, muss sich nicht mehr um Richtungen kümmern, schon gar nicht um Reste. Das weiß mein Gastgeber besser als ich. Wir sind längst zusammen in die Knie gegangen, um aufzusammeln, was übrig ist: Wasser und Brot, ein paar Scherben.

Ich wusch das Geschirr, er trocknete ab, wobei er die Gläser gegen das Licht hielt oder das, was davon noch übrig war. Das Feuer war fast heruntergebrannt, nur noch Glut, keine Flamme. Aber weil wir den Mundschenk nicht wecken wollten, der auf der Schwelle zur Küche lag, ließen wir die Küche im Dunkeln.

Auch den Rest. Die Mützen und eine Frage, die mir immer noch auf den Lippen brennt. Wie die Nuss, die darauf wartet, dass einer sie knackt, damit endlich alles zum Vorschein kommt, was mich mit Johanna verbindet. Eile und Angst und zu kurze Beine. Ich weiß immer noch nicht, ob sie schwimmen kann. Und wie soll ich wissen, wohin sie reitet und ob ich überhaupt mitreiten will. Kann ja sein, ich will ihrer Richtung nicht folgen, denn ich kenne den König.

Warum also dabei sein, wenn man ihn krönt? Reine Neugier. Ob Johanna beim Krönen die Mütze trägt? Natürlich wird sie die Mütze nicht tragen, stattdessen trägt sie, wie immer, den Helm. Einen kleinen, glanzlosen, stumpfen Helm. Der saß auf dem Kopf wie angegossen, sodass niemand auf die Idee kommen konnte, er sei bloß geliehen. Eher schien es, als sei sie damit geboren, eine zweite natürliche Schädeldecke, unter der sie in Ruhe aufwachsen konnte, um Schafe zu hüten, Gebete zu sprechen und schließlich, als wäre das folgerichtig, ungefragt in den Krieg zu ziehen.

Wer es sieht, wird es glauben, wer nicht, wird es fühlen. Ein Gewicht ohne Aufschrift, das uns von oben nach unten drückt, das niemanden schützt und niemanden rettet. Nicht mich, nicht Johanna und auch nicht den König. Und erst recht nicht Peitsche, der hellwach auf einem Küchenstuhl sitzt. Ein federleichter Doktor in Weiß, der beschlossen hat, erst zu schlafen, wenn die letzte Mütze gefaltet ist.

Aber morgen, falls es das Wetter erlaubt, gehen wir nach der Vorlesung schwimmen.

Stimmen

Am Morgen danach große Stille im Hörsaal.

Hitze und hektisches Kronensuchen. Ein Morgenversuch der Erinnerung zwischen neun und halb zehn. Gestern ein König auf Peitsches Balkon, und heute ein Nichts. Nervöses Rascheln mit leerem Papier. Bis endlich unser Professor auftritt, wie immer zu spät. Er sieht müde aus, enttäuscht, als wäre er gern mit dabei gewesen, aber nicht bis zum Schluss.

Sein Hemd ist weiß und gebügelt, es riecht trotzdem nach Rauch. Nach Pfadfinderstreichen, nach französischen Lagerfeuern, flankiert von Servietten, für den Fall, dass man spuckt. Zähe Abende unter Messer und Gabel, von denen er uns bestimmt nichts erzählt. Stattdessen geht er zu Ordnungen über.

Damen und Herren, etwas ist gestern verloren gegangen. Geblieben ist ein Wunsch nach Erklärung, kein Spiel, sondern eine ernsthafte Übung: Erkenne den König. Die Regeln sind einfach und klar, nur leider hat sie niemand begriffen, bestanden hat keiner. Also fangen wir wieder von vorne an.

Erstens: Um welche Krone handelt es sich? Zweitens: Wie sah sie aus? Drittens: Wer hatte das Recht, sie zu tragen? Wer erträgt überhaupt ihr Gewicht? Viertens: Ist sie versichert? Wenn ja, bei wem, seit wann, für wie lange?

Wie hoch sind die Kosten? Fünftens: Wann hat man die Krone zuletzt gesehen? Auf welchem Kopf? Wem hat sie gepasst, und wem passte sie nicht? Sechstens: War es die Krone, die dem Träger nicht passte, oder, umgekehrt, der Träger der Krone, weil ihr der Kopf zu klein erschien? Siebtens, die letzte und schwierigste Frage: Wie bringt man Kopf und Krone zur Deckung, ohne dass einer zu Schaden kommt? Kurz: Wie krönt man richtig?

Stille im Hörsaal. Die Angst vor der Fülle der Möglichkeiten. Hundert Antworten auf eine Frage. Kein Grund zur Sorge, denken Sie nach, in aller Ruhe. Überlegen Sie sich Ihre Antwort genau. Wir haben Zeit. Zögern Sie ruhig, bevor Sie entscheiden. Eine Übung in Eleganz und Geduld. Zögern adelt, ein Zeichen von Klasse, eine höhere Form von Präzision. Wie schnell macht man Fehler, und wie lang und quälend die Reue danach. Wie leichtfertig wir schreiben, ohne an Konsequenzen zu denken. ERST DENKEN, DANN HANDELN, das ist die Devise.

Wir sind frei in dem, was wir denken und sagen, also dürfen wir auch die Richtungen wechseln. Es ist nie zu spät, wir können auch anders, was bedeutet, wir können auch anders entscheiden und doch noch alles zum Guten wenden. Damen und Herren, erinnern Sie sich. Was lehrt uns Johanna? Stille im Hörsaal. Wir zögern. Erst dann heben wir entschieden die Köpfe und rufen im Chor: Überstürzung ist ungesund und gefährlich. Sehr richtig. Stattdessen Ausdauer und Hartnäckigkeit, keine Silbe bleibt ungehört, alles wird jederzeit festgehalten.

Also schreiben Sie mit und vergessen Sie eins nicht: Wir sind nicht mehr neunzehn, uns macht man nichts vor. Vor allem, wir machen uns selber nichts vor. Wir haben das Schlimmste schon hinter uns, wir kennen die Regeln, und die erste und wichtigste Regel lautet? Das meiste verwendet man gegen uns.

Richtig. Also Vorsicht mit Kronen. Vorsicht mit Devisen und Fahnen. Achtung bei der Wahl Ihres Pferdes, bei der Wahl Ihrer Dame, bei der Wahl Ihres Ritters, bei der Wahl eines Knappen. Auf hundert falsche kommt selten ein echter. Aufgepasst bei der Wahl Ihrer Waffen, bei der Wahl Ihres Wappens. Sorgfalt bei der Wahl Ihrer Farben. Grün steht nicht jedem, und Blau erst recht nicht, eine Neigungswahl geht selten gut aus. Johanna kann ein Lied davon singen.

Also warten wir, bis man die Stimmen auszählt, bevor wir die eigene Stimme erheben. Lassen wir uns Zeit mit dem Urteil, so wie sich das Urteil Zeit lässt mit uns. Jede Stimme wird einzeln geprüft und einzeln verrechnet. Erst dann wird sortiert. Nach englischen Stimmen, französischen Stimmen, nach Stimmen, die für den König sprechen, und nach Stimmen, die gegen Johanna sprechen. Wir halten die Stimmen gegen das Licht, Kreuz für Kreuz, bis wir zu einem Ergebnis kommen, das uns nicht überrascht. Die Natur des Verfahrens ist ja bekannt.

Geliebter Lügner, nichts ist bekannt. Stille im Hörsaal, gesenkte Köpfe, lauter fleißige Nebenfiguren, die alle vergeblich auf Kronen warten. Wäre ich des Französischen mächtig, ich würde sie ohne zu zögern erlösen, alle auf einmal. Gemeinsam würden wir aufstehen und gehen. Denn unser Professor sieht müde aus, einsam und hungrig. Als müsste er ununterbrochen sprechen, damit man ihm glaubt, dass er anwesend ist. Nur ist seine Stimme zu leise, dauernd stockt er mitten im Satz, denn niemand sitzt vorn in der ersten Reihe, der Platz des Kutschers ist leer. Der Einzige, der ihm zuhören würde. Nur die Hände sind da, sieben Finger hoch in die Luft, die mit Hilfe mutiger Einbildungskraft ein mageres englisches Kreuz ergeben, in dem das französische Frühstück fehlt.

Denn morgens zwischen neun und halb zehn ist das Leben noch kurz, keine Zeit für ein Frühstück, nicht mehr als drei Schritte zum Scheiterhaufen. Danach eine Predigt, ein Stoßgebet, ein eilig hingekritzeltes Zeichen, kürzer als jede Unterschrift. Der Rest geht in einer Ewigkeit auf, für die auf dem Markt von Rouen kein Platz ist.

Johanna brennt, und ich sitze im Hörsaal. Kann aber sein, dass auch ich gar nicht anwesend bin, auch ich bin nicht da, sondern liege neben dem Kutscher im Bett und tauche nach Kronen. Johanna brennt, und ich schlafe. Wahrscheinlich schlafe ich tiefer denn je, fest in die braune Decke gewickelt. Wie immer geschieht das Schlimmste im Schlaf.

Grausame menschliche Zeitverschiebung. Der eine schläft, der andere brennt, der eine brennt, und der andere schläft und legt beim Schlafen die Krone nicht ab. Noch bis gestern schien sie wie festgewachsen, ein Bestandteil meiner Natur, eine fröhliche Aktie, mein Haarwuchs, meine schönste Frisur. Der Kopf meine Krone, die Krone mein Kopf. Wie also soll ich sie abgelegt haben? Und falls doch, wen wollte ich damit schmücken zwischen Mitternacht und morgens um vier, als ich hellwach in einer Küche stand und Königsbestecke und Gläser wusch? Ob mir dabei die Krone vom Kopf gerollt ist? Weil jemand mich drängte, mich zu verbeugen, ich weiß nicht, vor wem?

Kann auch sein, ich bin in die Knie gegangen, aus Gründen, die mir entfallen sind. Dabei habe ich Kopf samt Krone verloren, danach hat jemand die Krone zertreten und absichtslos zum Verschwinden gebracht. Es war kein böser

Wille im Spiel, nur Wein, später Schnaps, und etwas zu enge Räumlichkeiten für größere Feste mit Stiefeln und zu viel Kostüm.

So schnell kommen Kronen unter die Räder. Vier Räder, auf die man den Schandkarren stellt, der Johanna nach vorn bis zur Leiter bringt, flankiert von achthundertachtzig Damen, die alle riesige Hauben trugen, die nicht lange auf ihren Köpfen blieben. War der Wind schuld, die Menge, der rasende Zorn? Die Predigt Midis? Von den Waffenbrüdern war keiner zu sehen, Johanna war allein unterwegs. Auch der Henker hat sie nicht mehr erreicht, er hob den Arm umsonst und von weitem. Ein leises Zitat der vergangenen Nacht, das mich an eine Geste erinnert, mit der ich noch rasch etwas ausdrücken wollte, bevor ich erleichtert vornüber fiel, um endlich mich selbst zu vergessen und einzuschlafen, nur neben wem?

Wie groß wir uns in der Dunkelheit fühlen, und wie klein, wenn später der Morgen anbricht, der ein Licht auf uns wirft, das scharf ist und klar, weil es sich ganz aus natürlicher Quelle speist und erbarmungslos umgehend alles verrät, was wir nachts für äußerst geheimnisvoll halten. Geliebtes Geheimnis, das bin ja ich selbst, ohne Haube und Krone, ein schlechter Taucher, in der Hand ein Geschirrtuch, mit dem man kein Glas mehr zum Glänzen bringt.

Nicht die Nacht ist schrecklich, sondern wir sind schrecklich. Wie Peitsche, der, sobald ich die Augen aufschlage, noch immer auf seinem Stuhl sitzen wird. Als wäre er nicht in die Knie gegangen, als wäre er gar nicht im Bett gewesen, als hätte er weiter Mützen gefaltet, mit denen er, sobald ich erwache, Schande in Vorwurf verwandelt.

Er wird lachen und mich an den Hörsaal erinnern, in dem ein Mundschenk mit leeren Flaschen steht. Und sieben grüne Könige, die alle auf einen Professor warten, der heute nicht kommt. Und Peitsche wird rufen: Johanna brennt, und Sie liegen im Bett!

Und ich halte die Augen geschlossen und rufe zurück: Geliebter Gegner, wo sonst? Ich bin nicht mehr neunzehn, sondern fast so gut wie schon halb promoviert. Ich liebe das Bett, ich verehre den Schlaf, wohin sonst soll man sich vor den Stimmen retten? Vor den Krönungsexperten und Mützenexperten, die ständig in Streit miteinander liegen und wieder und wieder Einspruch erheben und sich hartnäckig in unseren Träumen einnisten? Wir sind ja umzingelt von Scheiterhaufen. Gestapeltes Holz aller Sorten und Größen, wie schnell verliert man den Überblick, für jeden von uns ist einer dabei. Wohl dem, der noch schläft und der seine Hand noch ausstrecken kann nach irgendeinem, der neben ihm liegt. Schon morgen kann alles ganz anders sein.

Wozu also wachen? Überhaupt, was würde die Anstrengung nützen? Selbst wenn ich wach bliebe, würde sie brennen, weil es die schlechte Geschichte so will. Und würde ich brennen, dann würde sie schlafen. Natürlich nur kurz, denn das ist ihre Art, es drängt ja die Zeit, drei Stimmen, die rufen: WIR HABEN ZU TUN. Wir müssen im Handstreich ein Land befreien, den König krönen, die Engländer schlagen. Und beim Schlagen La Hire das Fluchen verbieten, damit Gott für La Hire tut, was La Hire für ihn täte, für den Fall, dass der eine der andere ist.

Denn was Flüche betrifft, ist Johanna empfindlich. Ein weit geöffnetes Ohr, das jedes Wort auf die Goldwaage legt. Grausames Ohr, strenge Wirtin der Wörter, wann legst du dich schlafen und lässt uns in Ruhe, damit wir endlich aussprechen dürfen, was wir schon immer sagen wollten. Und wie gut uns das tut! Wie sehr uns das Fluchen die Seele erleichtert, wie lässig dabei Schande in Schimpf aufgeht, in den Klatsch und Tratsch der falschen Behauptung, in den gehässigen Frohsinn der letzten Nacht, der uns mit Mut und Tatkraft füttert, die Prüfung bestehen wir morgen mit links.

Nur fluchende Herzen fühlen sich stark, allen voran das Herz von La Hire. Geliebter Söldner und Galgenstrick, ein Herz für die Schlacht, das hauen und schlagen und stechen muss. Hundert Jahre Krieg! Höchste Zeit, endlich das Böse zu tun, weil das Gute uns langweilt und immer ermüdet. Das Pflanzen von Bäumen, das Tränken der Pferde, das Kämmen der Hunde, das Striegeln der Angst und das Falten der Mützen. Das Hüten von Schafen, die sich immer wieder von vorne verirren in der undurchsichtigen Landschaft des Lebens. Heilige Einfalt! Das Gute erschöpft, weil es reizlos ist, das Böse dagegen erfrischt und spornt an.

Als wüsste Johanna nicht, wohin mit der Zunge! Nur ein gläubiges Herz versteht sich aufs Fluchen, nur wer glaubt, dass Gott hört, kann ihn bündig verleugnen. Hochmut glänzt nur im Spiegel der Sünde, in der Hoffnung auf Strafe und Aufmerksamkeit. Bis Gott sich aus seinem Sessel erhebt und sich endlich am menschlichen Ärgernis reibt. Schafft die Sünde ab, und der Spaß ist vorbei. Unser Fluchen ist kunstlos und ohne Einfall, ohne Kraft und Gewicht und ohne Gesicht, ein müdes Echo der eigenen Stimme. Ohne Gott auch kein Gegner, die Wut geht ins Leere. Wir bleiben zurück und schwimmen im Tümpel der Angst vor uns selbst.

Wozu also fluchen, ich würde ja nur mich selber beschimpfen, denn ich liege immer noch ratlos im Bett und tauche nach Kronen. Ein letzter Versuch der Erinnerung, aber nichts dabei, was mich wirklich erleichtert, und erst recht nichts, womit ich auftrumpfen könnte.

Also bleibe ich liegen. Johanna brennt, und ich schlafe. Vielleicht fester denn je, denn das alles hat nichts mit mir zu tun, es geschieht ihr ganz recht. Sie hat Ohren und Mund viel zu voll genommen, sie ist entschieden zu weit gegangen. Sie flucht nicht, aber sie prahlt, sie prahlt ja bis heute. Und was ist bei näherem Hinhören schlimmer, das Fluchen oder das Prahlen? Vom Prahlen zum Fluch, das ist ja nur ein Gedankensprung.

In Frankreich weiß jedes Kind ganz genau, was eine Jungfrau rufen muss, die des Englischen keineswegs mächtig ist und trotzdem ständig in Tränen ausbricht, wenn die Engländer sie als Hure beschimpfen. GODDAMN ruft der Feind, und GODON übersetzt die heilige Jungfrau und wirft ein französisches Echo zurück. Denn obwohl La Hire einen Mantel trägt, der mit tausend tönenden Glocken behängt ist, damit man ihn schon von weitem hört, wissen Jungfrau und Söldner genau: Erst wenn wir fluchen, hört uns der Gegner!

Dabei könnte man, wenn man schon fluchen muss, vom Herrgott auch auf die Stiefel ausweichen, verfluchte Sohle, vernagelter Schuh. Wozu sonst hätte Gott all die Dinge erschaffen. Geduld der Materie! Hartes Leder und stumpfes Holz! Wie gelassen ertragt ihr das Reden der Menschen, das endlose Schimpfen, das Schreien und Hauen mit Stecken und Stab, mit Knüppel und Prügel.

Und während Johanna den Marschallstab schwingt und, die rechte Hand, hoch in die Luft, etwas ruft, was kein Professor entziffert, PAR MON BÂTON oder PAR MON MARTIN, ist der Gegner längst in die Knie gegangen. Ich liege im Bett, und die Jungfrau gewinnt ihre erste Schlacht.

Johanna. Prahlhans. Aufschneider Gottes. Hast du wirklich geglaubt, du bist seine Tochter? Die Schwester von Jesus? Die Retterin Frankreichs? Die Jungfrau Maria? War Maria etwa stämmig und dreist? Eilig und frech? Hatte sie Töchter? Söhne mit Schwestern? Maria hatte ein Einzelkind. Einen eingeborenen Sohn. Verwöhnt und berufen, gesenkter Kopf und gekreuzigte Knie.

Und du, die zu kleine Schwester, träumst vom aufrechten Federbusch. Von Schwertern und Schlachtwind, von Pomp und Posaune. Und wie du dich aufbläst, bis über die Ohren, immer reitend und himmelwärts. Dabei ist dein Reich nur von dieser Welt, genau wie du selbst. Kein schönes Gesicht und zu kurze Beine, eine Leiter, um in den Sattel zu kommen. Jede Wette, das geht nicht gut aus.

Warum bist du nicht einfach zu Hause geblieben, um Schafe zu hüten und Kränze zu flechten und unter dem Feenbaum weiter zu träumen. Bis einer vorbeikommt, der dich ehrlich gebraucht. Denn irgendeiner kommt immer vorbei, auch einer, der kurze Beine mag, auf Gesichter pfeift und fast alles auf innere Schönheit setzt. Der uns Dinge ins Ohr sagt, die klar sind und wirklich. Kein Engel, sondern ein richtiger Mann, mit einer Stimme, die uns von höheren Stimmen erlöst, von Stimmen, die Jungfrauen einreden wollen, dass sie reiten sollen und Könige krönen und Kriege führen und Länder befreien.

Stattdessen könnten wir kochen und spinnen und heimlich häusliche Feuer schüren, denn längst ist erwiesen, auch die Hausfrau kann es zu Heiligkeit bringen. Krieg herrscht ja bekanntlich fast überall. Auch in Vorgärten lassen sich Fahnen hissen und Schädel spalten, falls einer unberufen die Schwelle betritt.

Nur die Jungfrau muss hoch und höher hinaus. Weil Johanna drei heilige Stimmen bedrängen, Katharina, Margareta und Michael, drei verkleidete Engel, die alles andere als heilig sind. Das weiß ich genau, man macht mir in dieser Sache nichts vor. Die Geschichte fällt durch. Die Wahrheit ist, wie immer, sehr einfach. Johanna wollte nur schön sein. Sie wollte gefütterte Rüstungen tragen, sie wollte La Hire das Fluchen verbieten und sich selber mit großen Gebeten schmücken, um als Siegerin in die Schlacht zu ziehen. Nur weiß sie nicht, wie man Rüstungen trägt, weil sie nicht weiß, was ein Ritter ist.

Denn wüsste sie, was ein Ritter ist, dann wüsste sie allerdings mehr über Damen und wie eine Haube auf Rüstungen trifft, ohne Schaden zu nehmen. Auch wie man Blicke und Handschuhe wirft, wie man Wörter verliert und Flüche aufhebt und wie man sich nachher beim Warten auf Antwort elegant in leiser Geduld übt. Ich übe das auch, schon seit Jahren. Zögern adelt, eine Übung, von der Johanna nichts weiß, weil sie den Professor nicht kennt.

Aber sie wird den Professor noch kennen lernen, für jeden von uns ist einer dabei, und jeder von uns ist irgendwann dran, denn der Professor ist unbestechlich. Er fängt jedes Mal wieder von vorne an, bis es der Letzte begriffen hat. Kann zwar sein, dass er dabei manchmal leicht stottert oder gelegentlich etwas errötet, je nachdem, wer auf dem Prüfstein sitzt. Aber das macht nichts. Selbst sein Stottern ist unerbittlich, hundert Antworten auf eine Frage. Die Frage ist übrigens immer dieselbe: WIE KRÖNT MAN RICHTIG?

Das muss man sich immer vor Augen halten, wenn man wissen will, wer der Professor ist. Ein habilitierter Krönungsexperte. Natürlich, er spricht nicht darüber, aber auch er wäre gern mit dabei gewesen. Damals. Als man noch Fahnen schwenkte, Kostüme trug und Könige krönte. Nur nicht zusehen müssen, wie einer verbrennt, er verträgt keinen Rauch, und er braucht seinen Schlaf, weshalb er auf Abstecher lieber verzichtet. Selbstverständlich nimmt er Johanna nicht ernst, denn er weiß genau, wer sie ist. Eine Fußnote in der Geschichte von Karl.

Was den Professor mit Karl dem Siebten verbindet? Krumme Beine, kleine Augen, schmales Kinn. Schwierige Kindheit, der Schwachsinn des Vaters, Depressionen, Verwirrung, Neurosen und harmlose Pfadfinderstreiche. Verwöhnte Wünsche. Kaum Lust auf Krieg. Was für ein König! Immer in Pleite, immer in Schuld, immer in Angst. Misstrauisch, abhängig, lerneifrig, launisch. Hört mal diese, mal jene Stimme. Verlässlich treulos nach allen Seiten, weshalb er sich immer an Männer hängt, die doppelt so dick und schwer sind wie er.

Gelobt sei die gute französische Küche, die noch solche Männer hervorbringen kann, große Männer wie De La Trémoille, den dicksten und größten Höfling des Königs. Eine Festung aus Fett. Kein Mörder der Welt wird sein Herz je erreichen, die Klinge bleibt immer im Vorhof stecken. Ein Mann, der isst, um ewig zu leben, weil er lebt, um zu essen. Der hört keine Stimmen, der hört auf sich selbst und hält wie sein König wenig vom Krieg. Wozu bekämpfen, was man mit Geld erobern kann, mit Erfahrung und etwas Verhandlungsgeschick?

WAFFENSTILLSTAND heißt die Devise. Denn vergessen Sie eins nicht, wir befinden uns jederzeit doppelt im

Krieg. Einer nach außen und einer nach innen. Hundert Jahre Krieg, und immer noch kein Frankreich in Sicht. Johanna muss nicht nur Engländer prügeln, sondern auch den Burgundern die Köpfe einschlagen, weil die Burgunder mit den Engländern gehen, während Frankreich sich langsam in Luft auflöst.

Verwirrte Geschichte. So viele Risse, die der Traum einer Jungfrau zunähen soll, weil sie vorgibt zu wissen, wo Frankreich liegt. Aber wo liegt Frankreich, wenn alle sich hassen? Die Armagnacs die Burgunder und Burgund Armagnac, und der dicke Höfling die dünne Jungfrau, die nicht isst und nicht trinkt, nicht schläft und nicht wartet und ihre Unruhe mit Gebeten erstickt. Denn, weiß der Himmel, WIR HABEN ZU TUN.

Was für ein Text!, rief Peitsche. Viel besser als der Text des Professors, Sie sprechen im Schlaf ja wie abgeschrieben. Ganz wunderbar und ohne zu stottern, direkt in die Feder. Und ich sitze daneben und schreibe nicht mit, das ist unverzeihlich. Wirklich, ich hätte das mitschreiben sollen, ich hätte mir damit viel Arbeit erspart, auch wenn ich nicht ganz Ihrer Meinung bin. Wenigstens nicht, was das Fluchen betrifft. Sie lieben das Einfache, kann das sein? Aber das macht nichts, ich möchte es trotzdem hören. Ich will es auch glauben, denn im Schlaf haben Sie eine schöne Stimme, leise und zärtlich und rücksichtslos, schade, dass Sie das selber nicht hören. Viel schöner als Ihre andere Stimme, diese schlaflose Stimme von gestern Nacht, die immer ein bisschen zu hoch ansetzt, weil sie das Gegenteil meint und nachher trotzdem Recht haben will. Aber ich habe natürlich nicht mitgeschrieben, ich habe nur ganz kurz daran gedacht. Denn der Schlaf des

Menschen ist heilig, wie alles, was er erst träumt und dann spricht.

Verfluchter Spion, er hat mich ertappt. Er bleibt wach, und ich schlafe. Ich schlafe, und er bewacht meinen Schlaf nicht, sondern belauscht mich. Er verhört mich, bestiehlt mich. Ohne Rücksicht und Gnade. Kann auch sein, dass er selber nicht schlafen kann, er muss sich den Schlaf wohl woanders besorgen. Oder hat er rund um die Uhr zu tun, wie die schlaflose Jungfrau? Weil auch er seine Ungeduld bändigen muss, seine wilde Manie und Besessenheit, ein Lebenswerk, eine düstere Pflicht?

Aber statt zu beten, faltet er Mützen. Denn erst jetzt sah ich, dass ich unter der Decke immer noch auf den Mützen lag. Ein leises Rascheln, ein großes vergilbtes Laken aus Mützen. Die Aufschriften waren kaum noch zu lesen, die einen verblasst, die anderen verschwunden. Kann auch sein, die Schrift ist nur nachts zu entziffern.

Wie klein wir sind, wenn der Morgen anbricht, der uns mit einem Licht versorgt, das alles erbärmlich ins Deutliche rückt. Mich im Bett unter der braunen Decke und Peitsche in der halb geöffneten Tür. Als wäre das auch nur halbwegs verzeihlich.

Er trug ein Tablett, auf dem das französische Frühstück stand, auf das der Professor verzichten muss, weil keiner von uns heute auftauchen wird. Ich nicht, weil ich nicht kann, er nicht, weil er nicht muss. Wozu in der ersten Reihe sitzen und einen Professor dabei betrachten, wie er langsam errötet. Stattdessen beobachtet er mich.

Schön, dass Sie noch da sind, sagte ich leise. Allerdings, der Professor wird Sie vermissen, niemand lauscht ja so gut wie Sie. So scharf, so genau, niemand, der so gut zuhören kann, da haben wir einen, dem gar nichts entgeht. Fast so gut wie Magister Loiseleur, der sich nachts ins Gefängnis der Jungfrau schleicht und dabei oft und gern die Kostüme wechselt. Mal gibt er den Beichtvater, dann wieder den Landsmann aus Lothringen, den königstreuen Leidensgefährten, den Armagnac in der Rolle des Schusters. Ein priesterlicher Spitzel vom Dienst.

Ob Johanna gesprochen hat? Natürlich hat Johanna gesprochen. Sie war zu erschöpft, um länger zu schweigen. Alles hat sie dem Schuster erzählt, weil er ein bisschen nach Heimat roch, und weil sie verzweifelt und einsam war und Gerüche der Heimat das Heimweh wecken. Während hinter der Tür unser Bischof steht, flankiert von zwei Schreibern, brave Spione, die tagsüber hinter dem Vorhang hocken, damit man nicht sieht, dass sie Unwahrheit schreiben. Alles halten sie fest. Keine Silbe, die ihnen entgeht. Alles haben die Schreiber notiert, mit offenen Ohren und fleißigen Federn, über Johannas Auftrag und über die Stimmen. Woher sie kommen und was sie wollen, wohin sie verschwinden. Und wo sind sie jetzt?

Johannas göttliche Stimmen, hohes Gericht der Pathologie! Wer versteht ihren Auftrag, wer versteht diese Stimmen? Wer sie hören kann, der wird sie verstehen, wer nichts hört und nichts sieht, der muss sie beschreiben. Ganze Bände, ganze Bibliotheken hat man gefüllt mit menschlicher Mutmaßung über DIE STIMMEN, über Johannas hohen dreieinigen Rat. Wie viel Angst vor der Fülle der Möglichkeiten, hundert Antworten auf eine Frage.

Nur die Stimmen kennen die Antwort genau, sie kennen auf jede Frage die Antwort, sie wissen wahrscheinlich sogar, wie man krönt. Der Geiz und die Unklarheit menschlicher Stimmen sind ihnen fremd. Sie lassen nicht warten, sie kommen immer, sobald man sie ruft, sie spenden Trost.

Und wie hell es wird, wenn die Stimmen kommen, als hätte man plötzlich ein Licht aufgesteckt.

Ganz Doktor Freud, sagte Peitsche und lachte, der alte bewährte Zuwendungstrick! Natürlich, ich erinnere mich, wirklich eine sehr schöne Geschichte. Wie man den blinden Jungen zum Doktor führt und wie es dem Jungen hell wird im Kopf, sobald der Doktor die Stimme erhebt. Sprich, und ich sehe! Als würden sich plötzlich die Augen öffnen. Kein Rätsel und kein Geheimnis dahinter. Nur ein helles und großes Zimmer in Weiß, ein Sprechzimmer, in dem alle Lampen auf einmal brennen. Schön und erstaunlich. Wie ein Stück aus dem Evangelium, aus dem man viel herausholen kann, wenn man wissen will, was es mit Stimmen auf sich hat.

Nur für den Fall, dass Sie das Einfache lieben, sagte ich. Erst die Stimmen, dann die Visionen. Alles beginnt ja, wie immer, im Kopf, und im Kopf ist es dunkel, vielleicht sogar finster, bis endlich einer kommt, der den passenden Lichtschalter findet. Und irgendeiner kommt immer vorbei. Ich habe einmal darüber geschrieben, das ist lange her, nichts als ein Nebenschauplatz, die achthundertachtzigste Konferenz. Tausend Jahre Schizophrenie und nur achthundertachtzig Konferenzen, das muss man sich immer vor Augen halten, wenn man die Stimmen verstehen will, die niemals jemand verstehen wird. Und was hat man nicht alles versucht! Viel Rede vom Himmel, und trotzdem die Schreibhand immer auf Grund. Von der herrlichen göttlichen Paranoia in den Abgrund romantischer Suggestion!

Natürlich, rief Peitsche, ein Fall für die göttliche Irrenheilkunde. Halluzinierte Geschichte, viel Hoffnung auf Heilung und ziemlich viel falsches Laternenschwenken, bis endlich ein Stein auf den anderen kommt, damit Kain sein Bruderherz Abel küsst. Als wäre das Ende nicht immer dasselbe, das eine verbrennt, das andere nicht. Aber immerhin hat man sich Mühe gegeben, tausend Mal alles von vorn beleuchtet. Sehr weit sind wir allerdings nicht gekommen. Aber ich habe noch ein paar Unterlagen, wenn Sie wollen, suche ich alles heraus. Oder arbeiten Sie nicht mehr über die Stimmen?

Geliebter Spion, was lehrt uns das Beispiel von Doktor Freud? Heilige Einfalt. Richtig. Das meiste verwendet man gegen uns, ich arbeite längst nicht mehr über Stimmen. Von Bedeutung ist nur, dass es hell wird, und zwar jetzt und gleich hier, erst drinnen im Ohr und dann draußen im Zimmer, vor allem in diesem Nebenzimmer. Aber, das wissen Sie selber am besten, hell wird es nur für den Fall, dass wirklich die richtige Stimme spricht, eine Stimme, nach der man sich lange sehnt und die sich, im Zweifelsfall, niemals erhebt. Sehen Sie nicht, wie einfach das ist? Und wie sinnlos dagegen die Mühe Loiseleurs?

Peitsche bückte sich und stellte die Tasse zurück aufs Tablett, der Kaffee war kalt. Dann erhob er sich wieder und lachte. Unter uns gesagt, wen kümmert das wirklich? Gestern den Bischof, heute den Professor. Aber mit wem hat Johanna wirklich gesprochen? War es die heilige Margareta oder der heilige Michael? Oder die heilige Katharina, die man vor hundert Magister stellt, und die trotzdem nicht in die Knie gehen will? Das liest man in jedem Kalender nach. Zwei Jungfrauen und ein Engel aus Erz. Alle drei schwer bewaffnet, alle mit ein und demselben Schwert, auf der Jagd nach Trémoille, nur haben sie leider sein Herz nicht erreicht, das eine trifft man, das andere nicht.

Aber was beweist schon ein fettes Herz? Wer spricht

heute noch von De La Trémoille? Keiner spricht von De La Trémoille, von Johanna dagegen sprechen alle, obwohl sie wenig von Essen versteht. Umso mehr davon, wie man erst hört und dann spricht und wie man danach seine Wünsche bebildert und damit die Ohren zum Leuchten bringt. Und niemand erzählt so gut wie Johanna. Sobald sie ihre Stimme erhebt, versteht sich auf einmal alles von selbst, weil sie sich an die Regeln hält: Sag immer die Wahrheit. Sprich niemals von dir. Fass dich kurz. Übergeh, was zu übergehen ist. Setz niemals auf die Kraft der Verwechslung. Kehr nicht nach außen, was innen ist. Schau nicht in den Spiegel. Fürchte dich nicht. Für den Fall, dass du etwas erfindest, erfinde es ehrlich.

Worauf kommt es in der Geschichte an? Nicht darauf, dass man Geschichten erzählt, sondern, wie man Geschichte macht, wenn man erzählt.

Natürlich, rief ich, Sie sind ja verliebt! In die klare Aufschrift, nicht mehr als drei Worte, auch von weitem gut lesbar, die perfekte Faltung. Glauben Sie wirklich, ich wüsste nicht, warum Sie nicht schlafen? Warum Sie nicht mehr mitschreiben wollen? Sie werden das Rätsel trotzdem nicht lösen, und auch nicht das Geheimnis dahinter, das vermutlich gar kein Geheimnis ist, sondern nur eine Lüge mit sehr kurzen Beinen.

Vielleicht kurz, sagte Peitsche, dafür aber ewig.

Ewig, natürlich. Ich dagegen ein irdischer Fall. Johanna wäre das nie passiert. Immer auf dem Posten, immer hellwach. Weil sie die einzig Wahre ist. Darum schläft sie auch niemals in Nebenzimmern. Sie hätte sich niemals auf Mützen gelegt, schon weil sie nicht lesen und schreiben kann, wozu das Papier. Schlafen muss man an Lagerfeuern, von mir aus zur Not auch auf dem Balkon, auf jeden Fall draußen, im Freien, an frischer Luft. Sie hasste stickige Innenräume, in denen man lauter Dinge verhandelt, die längst nicht mehr zur Debatte stehen, obwohl man uns immer noch damit bedrängt.

Allerdings, sagte Peitsche, wenig Neues, auch die Fragen sind übrigens immer dieselben, zum Beispiel diese: Waren die heiligen Stimmen nackt? Als hätte Gott nicht genug Kostüme! Hatte der Erzengel Michael Haare? Warum hätte man sie ihm abschneiden sollen? Und welche Sprache wurde gesprochen? Die Antwort lautet: Was spricht ein Engel? Wie lügt ein Dichter? Wie redet, wer alles am besten weiß? Deutsch? Französisch? Englisch, Burgundisch oder womöglich Armagnacisch?

Auf jeden Fall schöner als Sie, sagte ich. Er flucht nicht, streckt nicht die Zunge heraus, setzt beim Sprechen nie zu hoch an, ruft kein Gegenteil auf, fasst sich kurz und direkt, gerade heraus. Eine Stimme, die Ihnen gefallen müsste, für den Fall, Sie könnten das hören. Deutlich und zärtlich und rücksichtslos, ich bezweifele, dass Sie das hören können.

Johanna, mein Prahlhans, Aufschneider Gottes! Ein Simpel mit Sinn für die einfachen Dinge, die allerdings selten die schöneren sind. Das sieht man sofort, schon an der Frisur, ein stumpfer glanzloser Helm, ein lachhafter Haarschnitt. Sieht aus wie ein Topf, wie eine englische Puddingschüssel, ein kleines zu enges Dach überm Kopf. Ich wünschte, ich hätte ihn gestern getragen. Sie hätten wahrscheinlich von Herzen gelacht, aber mir wäre es sicher besser gegangen.

Stattdessen Hauben, unter denen man sich in Hitze redet, während Peitsche zum dritten Mal Kaffee brachte, der dritte Morgenversuch, mich friedlich zu stimmen. Oder will er mich nur auf die Beine bringen, nachdem ich so lange knien musste und Gläser polieren und Scherben aufsammeln in der letzten, vergangenen Nacht?

Durch das Fenster kriecht unter die Schatten der Mützen ein freundliches Licht. Doch mir ist nicht nach Frieden und nicht nach Versöhnung. Ich habe beschlossen, Rache zu nehmen, obwohl ich längst nicht mehr weiß, wofür.

Kein Zweifel, ich werde mich lächerlich machen. Aber der Tag hat eben erst begonnen, und irgendetwas muss ich vollbringen. Und bevor wir womöglich ins Schwimmbad müssen, denn Peitsche hat ein gutes Gedächtnis, beschließe ich jetzt, gleich vor Ort, wo es warm ist und trocken, ihn allein und ohne Wasser zu taufen. Die ganze Welt soll es wissen! Ich werde ihm einen Spitznamen geben, den er nie wieder loswerden wird. Den soll er tragen, ein großes Geschenk, mit dem der Schenker den Träger bestraft und, umgekehrt, der Träger den Schenker.

Um Gottes willen!, ruft der Professor. Vorsicht bei der Wahl eines Namens, auf hundert Namen kommt selten ein echter, ein Name wiegt schwerer als jeder Helm. Und ich rufe zurück, wer zögert, verliert, in Wahrheit fällt jede Entscheidung leicht. Wovor haben Sie Angst? Vor dem grünen König? Sie sind doch genau wie ich nur verliebt. Und Rot ist, sowieso, immer verfänglich.

Das weiß mein Gastgeber besser als ich, denn während der Professor zu stottern beginnt, ist Peitsche längst leise zu Boden gegangen und nimmt mit ernsthaft gefalteten Händen feierlich seine Mütze entgegen. Eine deutliche Aufschrift aus Trotz und Verzweiflung. Ich will dich taufen, also taufe ich dich. Mit lauter Stimme, damit du auch morgen noch weißt, wer du bist, wenn man dich auf den Karren setzt, von Paris nach Rouen.

Denn wer, wenn nicht du, ist dem Vorbild der Jungfrau gewachsen? Helle Stimme, schlagende Rede, biegsamer Gang. Morgens ein Schwimmer und abends ein Taucher. Nichts kann dir passieren, dir macht man nichts vor, dich wird keiner verwirren und keiner verwechseln. Auch morgen kommst du durch jede Prüfung, durch die achthundertachtzigste Angstkonferenz. Du überstehst den Professor, den Prügel, den Stock, die Kostüme und Farben. Erkenne den König! Das meiste hast du schon hinter dir, viel bleibt nicht mehr übrig. Nur noch das Schlimmste.

So sind wir über die Schwelle gekommen. Nicht sehr weit, aber immerhin bis in die Küche. Ich voran und Peitsche hinterher, er immer noch mit dem Tablett in der Hand, und ich in die braune Decke gewickelt, ich neige ja auch im Mai noch zum Frösteln. An Schwimmbadwetter ist gar nicht zu denken.

Jedenfalls nicht, was mich betrifft, mich und meine Angst, ihn noch mehr zu enttäuschen. Ich werde es niemals verbergen können, immer war ich ein schlechter Schwimmer. Ich ertrage den Anblick von Wasser nur schwer, weshalb ich, die Augen himmelwärts, am liebsten nur auf dem Rücken schwimme.

Doch das geht nicht gut aus, wer rückwärts schwimmt, stößt auf Köpfe und Flüche, immer ist die Schwimmbahn zu eng. Ein schmales nasses Ärgernis, und schon wieder erhebt sich der Bademeister und geht am Beckenrand auf und ab, ein eitler Feldherr, zu Hause auf See, der weiß, wie man Gegner einschüchtern muss. Er will mich an meine Angst erinnern. Dabei kann er wahrscheinlich selber nicht schwimmen, es würde ihm ja die Frisur verrutschen.

Wenn die Angst bei mir ist, habe ich keine Angst. Aber

ich fürchte den Bademeister, weil er mich an die Schule erinnert, an die Angst davor, aus der Bahn zu geraten, immer und überall anzustoßen, an die Angst, dass mich einer ins Wasser wirft und dass mir Arme und Beine fehlen.

Das weiß der Bademeister genau, auch wie wenig Frischluft ist unter Wasser. Atemnot, Seenot. Sobald man taucht, wird es stickig und eng. Aus der kleinen Angst wird, wild rudernd, die große, lauter Schichten aus Angst, immer höhere Wellen, bis es am Ende dunkel wird. Das ist die Sintflut, die ständige freche Versuchung Gottes, der auch nichts weiter ist als ein Bademeister.

Übrigens, konnte Johanna schwimmen? Johanna konnte sicher nicht schwimmen. Und ganz sicher nicht im Traum ihres Vaters, denn die Mütze von Jacques ruft ICH WILL DICH ERTRÄNKEN, bevor du mit den Soldaten gehst. Sie zu den Soldaten, wir ab ins Schwimmbad, sie in den Krieg und wir in den Sommer. Sie in die Schlacht und wir ins Vergnügen.

Aber warum soll ich ins Wasser gehen, was will ich Doktor Peitsche beweisen? Dass ich die Schwimmergebete beherrsche, weil ich weiß, wie man Arme und Beine faltet? Dass ich weiß, wie man paddelt? Dass ich weiß, wie man flieht? Und wie man dem Fluch eines Vaters entkommt? Dem Fluch eines Vaters entkommt man nicht, schon gar nicht schwimmend, erst recht nicht kraulend, selbst wenn man ein gutes Tempo vorlegt und sich, eins von zwei Ohren immer im Wasser, so schnell es geht von den Stimmen entfernt.

Von Stimmen, die ich nicht hören will, schrill wie die Stimme des Bademeisters, der erst stampft und dann schreit und dann pfeift, damit man nicht auf die falsche Bahn kommt, damit niemand schwimmt, wo er wirklich will, damit verlässliche Ordnungen herrschen. Damen und Herren, wir sind nicht in der Schlacht, hier wird nicht gesprungen, auch nicht gespritzt. Und schon gar nicht geflucht.

Aber geduscht, meine Damen, wir duschen, bevor wir das Becken besteigen. Und bitte, immer die Hauben aufsetzen, wo kämen wir hin! Die Regeln sind einfach und leicht zu erlernen, und die erste und wichtigste Regel lautet? Augen auf und den Kopf aus dem Wasser. Richtig. Sonst kommen Sie nie durch die Prüfung, so einfach macht keiner den Königsschwimmer, nicht jeder kann eine Medaille tragen, der eine gewinnt, der andre verliert. Das lernen Sie besser heute als morgen.

Stille im Wasser. Die Angst vor der Tiefe. Bis endlich Peitsche die Halle betritt. Ein kurzer Kopfsprung, ein kühner Schwung. Arme wie zwei zierliche Flossen, mit denen er jede Bahn durchpflügt und jede Bahn richtig. Keine Frage, er weiß genau, dass wir da sind und dass wir ihn sehen, er beschenkt uns, indem er sich selbst überbietet, indem er uns allen wieder davonschwimmt. Wir bleiben staunend am Beckenrand stehen, wir möchten nie wieder schwimmen müssen. Von nun an bis in die Ewigkeit möchten wir nur noch Zuschauer sein, nur noch staunen, die Hände gefaltet zum großen Applaus.

Das Schwimmbad verwandelt sich in einen Hörsaal, aber kann er uns hören? Er hört uns nicht, nur wir hören ihn. Das Klatschen des Wassers, ein scharfes Peitschen, das gezielte Zerschneiden der Oberfläche, die scheinbar hart ist, doch immer beweglich, immer flüchtig und niemals zu fassen. Wir hören das leise hastige Atmen, das regelmäßige Holen von Luft, von unten nach oben, von oben nach unten, ein Jungfrauenatmen, einen Körper, der sich nur an sich selber verliert und der uns für immer zurücklassen wird, keiner von uns, der ihn einholen könnte.

Ob er schwimmt? Ob er fliegt? Kann auch sein, dass er reitet und dass er dabei an Johanna denkt, weil er neben ihr in der Schlacht schwimmen möchte. Aber Wasser ist eine verfängliche Rüstung, ein schlechtes Kostüm, ein feuchter, wenig verlässlicher Mantel. Wer schwimmen kann, kommt nur langsamer um, das weiß ich schon lange, und der schwimmende Doktor weiß es auch. Also halte ich mich vom Wasser fern. Wasser ist nur von weitem schön, als ferne Aussicht von einem Balkon, nur solange man nicht hineinspringen muss. Genau wie der Krieg.

Und was, wenn ein Feuer zu löschen wäre, fragte Peitsche leise, indem er mich vorsichtig aus der Decke zog und den Kessel wieder mit Wasser füllte, um zum vierten Mal Kaffee aufzugießen. Ich lachte. Für den Fall, dass ein Feuer zu löschen ist, braucht man kein Wasser. In Frankreich genügt ein kräftiger Stock, PAR MON BÂTON, mit dem man auf die Flammen einschlägt, bis der Brand nichts mehr ist als ein Lagerfeuer, das so genannte Feuer danach, ein höfliches englisches Lagerfeuer, das erst in die Knie geht, wenn es lautlos verlischt.

Wunder

Johanna wurde in der Dreikönigsnacht geboren.

Es krähte kein Hahn, es bellte kein Hund, es war dunkel und kalt. Alle drei Könige ungekrönt. Die Schafe rückten dichter zusammen, kein Schäfer mehr unterwegs in den Stall. Die Brüder versuchten, den Stern zu verstecken, damit er nicht unter die Engländer kommt. Die Feuer brennen niedrig und klein, dafür umso länger, viel Rauch unterm Dach.

PAR MON MARTIN, kein Wasser im Kessel, eine Hausfrau, die niemals heilig wird. Kein Licht in der Hand, lauter blinde Spione, die frösteln, sobald sie zu schreiben beginnen. Hundert Jahre Krieg, ein Krieg, der sich Zeit lässt für viele Geschichten, die man so leichthändig abkürzen könnte. Drei Fenster, die knarren, drei Stiefel schlagen gegen die Tür, drei Päpste, die sich nicht einigen können, alle drei mit sich selbst befasst.

Wie ich und Peitsche und unser Professor, viel Konferenz und wenig Ergebnis. Wir haben mehr Zeit, als uns lieb ist, weshalb wir versuchen, sie totzuschlagen. Aber weil wir uns vor dem Totschlagen fürchten, fangen wir an, Französisch zu lernen, französisch zu essen, französisch zu trinken, unsere Sehnsucht ist unersättlich.

Und wenn wir dann dick sind, alt und sterblich wie De La Trémoille, ziehen wir uns in Gärten zurück und fangen an, englische Hobbys zu pflegen, Kugeln zu schieben, Karten zu legen und Würfel zu werfen und heimlich kleine Hunde zu züchten. Und sollte uns das zu langweilig werden, weil die englischen Hunde das Spiel nicht verstehen, kehren wir einfach nach Hause zurück, in ein schlecht beleuchtetes Nebenzimmer, um auf der Fensterbank Falter zu jagen und Mützen zu falten.

Und wenn wir mit Jagen fertig sind, gehen wir über zu anderen Hobbys. Wir beginnen, den inneren Stimmen zu lauschen und danach die Stimmen auf Zeilen zu ziehen. Biegsame Stimmen auf Draht, eng aneinander gedrängte Geschwister, die sich jede Nacht wieder von vorne fürchten.

Was für Buchstaben sind das, was bedeuten sie wirklich? Wir sitzen seit sechshundert Jahren am Feuer, flankiert von Servietten, für den Fall, dass die Augen zu tränen beginnen, wenn die letzten Versuche in Rauch aufgehen. Lieder werden gesungen, Stöckchen unter die Asche geschoben, auf der Suche nach Resten, nach Hinweisen, Funden, nach irgendwas, das wir anfassen können und das die ganze Geschichte erklärt.

Wie traurig und sentimental uns das macht, die einfache Tatsache, dass wir nichts finden, weder Zacken noch Fetzen, auch kein schlagendes Herz. Das fehlende Herz macht uns sehr zu schaffen, es hätte so gut in die Sammlung gepasst, wir hatten es schon so deutlich vor Augen, an manchen Tagen zum Greifen nah, als müssten wir nur die Hand ausstrecken und selber beherzt ins Wasser fassen. Denn das menschliche Herz schwimmt meistens weit oben. Um das zu wissen, muss man kein Taucher sein.

Aber wer redet vom Tauchen, schon als Angler sind wir so unbegabt, dass es nicht zur Versetzung reicht. Also bleiben wir sitzen. Leere Hände, enttäuschte Gesichter, müde Augen, verstopfte Ohren. Fest verschlossene Münder. Schon wieder eine verlorene Schlacht, und keiner möchte den Boten spielen. Immer wieder dasselbe, ohne zu einem Ergebnis zu kommen.

Dabei müsste es gar kein Ergebnis sein, wir könnten bescheiden von vorn anfangen. Von mir aus ein Vorschlag, nicht kühn, nur behutsam, ein Morgenversuch der Erinnerung. Eine Ahnung von Frischluft, ein Hauch von Idee, eine fröhliche Werbung. Ein kleiner Funke von ehrlicher Absicht zwischen neun und halb zehn, eine Aufschrift, die man auch im Dunkeln entziffert: AUSSICHT AUF RETTUNG.

Was sonst? Wir sind ja umzingelt von Krankenakten, für jeden von uns ist eine dabei. Aber wir sehnen uns nach menschlichen Zeichen, nach einem Zipfel des Mantels, nach einem englischen Holzkreuz. Sieben Finger hoch in die Luft, ein rostiger Helm, ein Rest von Farbe, ein Ring, auf dem JESUS MARIA steht. Hätten wir bloß diesen Ring dabei, dann könnten wir endlich aufstehen und gehen und ohne Not weiter im Nebel stochern.

Denn wir tun ja nur so, als ginge es um den Beweis in der Asche, um Fundstücke und um Indizien. In Wahrheit handeln wir mit Symptomen, die man später zu glasklaren Fällen macht, auf der achthundertachtzigsten Angstkonferenz.

Die schönste Konferenz von allen, weil ich damals noch nicht mit dabei sein musste, weil ich Peitsche nicht kannte, der längst mit dabei war und einen Namen trug, der noch nicht zu ihm passte. Aber was sind schon Namen, wenn einer wie Peitsche am Rednerpult steht und zu sprechen beginnt, flüssig und leicht und ohne Papier und ohne die immer begründete Furcht, es könnten ihm dabei die Gesten verrutschen.

Helle Stimme, schnelle Zunge, schlagende Rede. Ein Kind unterm Helm, als er lachend und tänzelnd das Pult verließ, damals noch ganz ohne Titel und Absicht. Eine leichtfertige Mischung aus Trotz und Triumph, aus Versuch und Verachtung. Wer braucht schon ein Pult, wozu lesen, wir können ja reden.

Auch die Jungfrau vertut ihre Zeit nicht mit Lesen, schon gar nicht mit Schreiben. Nur manchmal, falls es sein muss, ein Brief, den sie nicht schreibt, sondern diktiert und hinterher unbeholfen signiert.

Eine Kinderhandschrift. Schiefe Buchstaben, eng aneinandergesetzt, JOHANNA oder JESUS MARIA, damit ihr es wisst. Sie diktiert ihre Briefe von oben herab, wie laute Befehle. Weiß der Teufel, woher sie den flüssigen Text nimmt und wer ihr das Briefdiktat beigebracht hat. Und wenn die Schreiber nicht mitkommen können, weil Schreiber immer zu langsam sind, läuft sie ans Ufer und brüllt ihre Nachricht direkt in den Wind. GODON, wir kommen, und mit uns kommt Gott.

In Frankreich kennt jedes Kind diese Stimme, die berühmte Briefschreiberstimme der Jungfrau, die niemals selbst einen Brief schreiben musste und sich trotzdem an jeden Brief erinnert. Auch an Briefe im Geist und an Briefe im Schlaf. An jede Zeile erinnert sie sich, an jedes Wort, auch später noch, vor dem hohen Gericht, in der allerletzten Angstkonferenz. Sie hatte nicht eine Silbe vergessen, ein Gedächtnis, vor dem jeder Professor erschrickt. Klar und so scharf, dass die Schreiber hinter dem Vorhang frösteln.

Ein Vorbild. Helle Stimme, schlagende Rede. Die Jungfrau voran, Peitsche hinterher. Nur die Zuhörer taten sich schwer, weil Peitsche so schwungvoll an Höhe gewann, dass sie nicht folgen konnten. Trotzdem schrieben sie alle mit, die Köpfe gesenkt, bis sie ihn aus den Augen verloren, als wäre er gar nicht da gewesen, nur seine Stimme war noch im Raum. Vielleicht auch nur sein Schatten, der Schatten allerdings scharf geschnitten, sodass, wer ihn einmal gesehen hat, ihn nicht mehr vergisst.

Aber ich war nicht dabei. Vielleicht war das Ganze auch umgekehrt. Es war überhaupt niemand da, und Peitsche stand vorne allein in der Leere, weil ihm niemand zuhören wollte, ein einsamer König in Hemdsärmeln, der ununterbrochen sprechen muss, um zu wissen, dass er noch da ist. Denn wahrscheinlich war es schon damals wie heute, dass er lieber zu sich als zu anderen spricht, als stünde er vor einem großen Spiegel und würde dort fortwährend Vorträge halten: Erst seiner Stirn, dann seinen Ohren, danach seinen Händen, die ich gern häufiger anfassen würde, nur fehlt dazu die Gelegenheit.

Johanna wäre das nicht passiert. Aber damals noch kein Wort von Johanna. Peitsche war noch am Anfang und mit durch und durch harmlosen Themen befasst. Wunderglaube um Vierzehnnullfünf. Über Blinde, denen man Lichter aufsteckt, über Taube, denen man Ohren ausbläst und die man fest an den Ohrläppchen zieht, die durch ständiges und beharrliches Ziehen länger und länger werden, bis man damit die Ohren verschließt. Wen kümmert schon, was man draußen spricht, es kommt auf die inneren Stimmen an.

Und auf Späße. Wohl dem, der solche Späße versteht. Die Welt der Wunder ist voller Späße, wundervolle Späße wie dieser, dass man dem Lahmen die Krücken wegnimmt und ruft: Bruder lauf! Für den Fall, dass er fällt oder dass womöglich die Engländer kommen, laufen wir mit.

Aber kommen wir deshalb schneller voran? Ob unser Professor jemals in Lourdes war, in Echternach oder in Fátima? Dann wüsste er besser, was es bedeutet, ein Krüppel zu sein, der nicht nur über die Zunge stolpert, sondern immer wieder in die Knie gehen muss. Zwei Schritte nach vorn und drei wieder zurück. Und was es mit Zeichen auf sich hat, nichts als verschwitzte Taschentücher, mit denen man meistens vergeblich winkt.

Aber, Gott sei Dank, wir sind ja gesund. Biegsam und schnell und halbwegs bei Sinnen. Wir sind nicht auf Wunder angewiesen, und wir haben nicht vor, übers Wasser zu gehen, auch nicht in die Knie. Wozu auch? Vor wem? Welche Frau geht heute noch in die Knie? Welcher Student kniet vor seinem Professor? Welchem Blinden geht plötzlich ein Licht auf? Und welcher Lahme verzichtet auf Krücken? Und was Peitsche betrifft, er hielt sich auch damals ausschließlich an das, was uns berührt, was man anfassen kann. Allerdings schrieb er damals noch mit, hundert Antworten auf eine Frage, die nach wie vor immer dieselbe ist: Was, zum Teufel, suche ich hier?

Vermutlich das, was wir alle suchen. Einen warmen Platz am runden Tisch, dessen Mitte das innere Zentrum fehlt, weil niemand der einzig Wahre sein will. Nicht dass keiner möchte, aber keiner kann. Von mir aus. Aber wenn schon kein Zentrum, warum dann nicht ein Loch, in das man eine Leiter stellen könnte, auf der man von unten nach oben kommt, oder umgekehrt, von oben nach unten. Himmel, Hölle, das ist mir egal, auf jeden Fall eine klare Richtung. Anstatt sich andauernd im Kreis zu drehen, heute nach rechts und morgen nach links, dahin, wo schon ein anderer sitzt, und immer einer, der ungern rückt, als hätte er einen Platz zu verlieren.

Eine vollkommen unbegründete Furcht, denn was wäre an diesem Platz zu verlieren? Ein Platz wie alle anderen auch, am Ende sind alle Plätze gleich. Nur der Blick aufs Feuer ist nicht ganz derselbe, die Flamme wirft immer ein anderes Licht, je nachdem, wo man sitzt. Aber auch so kommen wir dem Professor nicht näher, weder durch Platzhalten noch durch Weiterrücken, denn der Professor rückt ja mit uns im Kreis. Stunde um Stunde, in Stunden, aus denen Tage wurden, und in Tagen, aus denen Wochen wurden, und aus den Wochen sind Jahre geworden, und aus den Jahren eine Gewohnheit, der jedes innere Zentrum fehlt.

Der Professor weiß das, und wir wissen das auch. Deshalb sind wir heute nach draußen gefahren, ins freie Feld, an die frische Luft, ins wirkliche Leben. Wie ein langsam alterndes Ehepaar, das beschließt, eine kleine Reise zu machen. Nur sind wir kein Ehepaar, sondern zu dritt. Eine Reise kann trotzdem Wunder wirken. Sagt Doktor Peitsche, und wir glauben ihm gern.

Also Akten schließen, Türen zumachen und leichten Schrittes zum Bahnhof gehen. Das Herz schlägt schon schneller, sobald wir den erstbesten Zug besteigen, um gemeinsam auf eine Landschaft zu starren, die uns irgendwie auch sehr bekannt vorkommt.

Wir sind trotzdem gefahren. Bewaffnet mit Körben und Flaschen. Vorrat für einen gemeinsamen Abend, an dem wir uns freundlich austauschen wollen. Ohne Auftrag und Angst, ohne Not, ohne Stift und Papier, ganz unter uns, als könnten wir wieder von vorne anfangen.

In anderen Worten, drei grüne Ritter mit Aussicht auf Urlaub. Vergessen wir einfach den heimlichen Krieg. Sie ein Professor, Peitsche ein Doktor, und ich die schlechtere Hälfte des Mantels. Die bessere Hälfte für Sie und durch zwei, wir nehmen uns frei, nichts als ein Spiel. Und kein Wort von Johanna, die Wette gilt, wer als Erster ihren Namen erwähnt, verliert und muss für die Kosten aufkommen.

Denn Johanna ist tot, und wir sind lebendig. Jedenfalls kam es mir im Zug noch so vor, obwohl das Wetter bedeckt war. Ich knackte Nüsse, Peitsche starrte vertrackt aus dem Fenster, als gäbe es draußen Rätsel zu lösen. Gelegentlich knirschte er mit den Zähnen, womit er mir zu verstehen gab, dass die Nüsse nicht zur Jahreszeit passten.

Denn Peitsche hat großen Sinn für Details, für die kleinen Nebensachen des Lebens, die am Ende immer die Hauptsachen sind. Dinge, die kaum ins Auge fallen und die man auf den ersten Blick gar nicht sieht, die die meisten von uns überhaupt nicht bemerken. Und wie voll die Welt ist von diesen Dingen: Schiefe Krawatten und falsche Kragen, gefärbte Haare und zu rote Lippen, falsche Zähne und fehlende Zähne, fehlende Knöpfe, fehlende Hingabe und Aufmerksamkeit, ein Körper, der nicht auf den anderen passt. Haare im Ohr oder in der Nase, verschnittene Nägel, schlecht gebügelte Hemden, schlecht polierte Gläser, Geschirr, das nicht zu den Tischtüchern passt, ein Messer, das nicht zur Gabel gehört, übertrieben geblümte Servietten, schiefe Bilder, lose Sohlen und zu weit nach oben gezogene Socken.

Gastgeber Peitsche sieht alles. Selbst wenn er zum Schein aus dem Fenster starrt, seine Augen sind immer überall. Als wäre er in Wahrheit ein Schneider, der immer prüfen und Maß nehmen muss, der alles sammelt und alles sieht und wieder und wieder gegen das Licht hält, damit ihm auch nicht das Geringste entgeht. Ein unbestechlicher Zöllner, immer im Dienst, niemals auf Urlaub, der von morgens bis abends Kisten öffnet und alles herauszieht, alles betrachtet und sorgfältig lange Listen ausfüllt, damit nichts über die Grenze kommt, was nicht auf die andere Seite gehört.

Hundert Jahre Schlaflosigkeit! Aber wie viel Platz ist im Nebenzimmer, Raum für wie viele Nebensachen? Armer geschlagener Doktor Peitsche, strenger Wirt der Dinge und Bilder. Wann legst du dich schlafen, wann wirst du endlich die Augen schließen, wann erhebst du dich endlich vom Küchenstuhl und hörst auf, an dieser Mütze zu falten, die dir niemals gelingen wird. Die perfekte Mütze, die einzige Mütze, die wahre Mütze.

Vielleicht sollte er öfter ins Schwimmbad gehen? Um unter den Pfiffen des Bademeisters das Gesicht endlich wieder aufs Wasser zu legen, damit er die Welt nicht mehr sehen muss. Lauter Dinge, die uns bedrängen, die uns bedrücken, die da sind wie wir und immer laut rufen, da bin ich, schau hin, sieh mich an! Und die erst unter Wasser unsichtbar werden, wo wir endlich allein sind und nur noch den eigenen Atem hören. Die kurze Stille zwischen zwei Zügen. Endlich Zeit für ein nasses Gebet.

Was allerdings den Professor betrifft, auch er trägt Hemden. Weiß und gebügelt, aber irgendwie riechen sie immer nach Rauch, auch an diesem Tag roch sein Hemd nach Rauch. Ein Geheimnis, das wir nicht lüften werden, weder Peitsche noch ich. Von mir aus soll es im Dunkeln bleiben, es macht mir nichts aus, ich mag den Professor.

Ich mochte sogar die Leichtfertigkeit, mit der er plötzlich begann, über Fußball zu sprechen, obwohl ich niemals Knie zeigen werde. Und Peitsche trägt aus Prinzip lange Hosen.

Aber seine Stimme war fröhlich und auf entwaffnende Weise so unbeschwert, dass Peitsche den Blick vom Fenster nahm und auf den Mund des Professors legte, danach auf die Augen. Eine heftige plötzliche Aufmerksamkeit. Dem Professor schoss das Blut die Ohren. Aber anstatt zu stottern, geriet er ins Schwärmen, als wären wir endlich auf großer Fahrt, als sähe man schon von weitem das Meer, oder das, was Urlauber dafür halten, wenn ihnen plötzlich das Herz übergeht. Als trüge er auf der Stirn eine Mütze mit der bedrohlichen Aufschrift: ICH PACKE AUS!

Der Professor packt aus. Eine Leidenschaft, von der wir nichts wussten, die wir nur ahnten. Eine Leidenschaft, die er seit Jahren hegt und die er vor uns verborgen hat, jedenfalls wochentags zwischen neun und zehn, wenn es im Hörsaal um Krönungen geht. Komplizierte Waffenstillstandsverträge zwischen Dreizehndreisieben und Vierzehnfünfsechs.

Kein Grund zu erröten, wir sind nicht im Hörsaal, sondern im Zug, wir sind unterwegs. Wozu also verbergen, was jeder Leichtfuß im Freien betreibt und nur schwere Herzen ängstlich und drinnen, bei Wind und Wetter, bei Regen und Hagel, bei Schnee und im Nebel, mit oder ohne Dreck unterm Schuh. Denn es kommt drinnen wie draußen aufs Schuhwerk an. Auf gesunde Füße und schnelle Beine, auf inneren Einsatz und äußersten Mut. Und, allem voran, auf den rechten Glauben. Ohne Glaube ist ja kein Spiel zu gewinnen. Glaube. Na gut. Nur, an wen? Und an was?

Die Antwort ist einfach. Wir glauben an das, was wir anfassen können. Mit Händen begreifen. An lauter kleine verschwitzte Zeichen, an die sich die menschliche Hoffnung hängt, unser festes Vertrauen auf Sieg. An Männerbeine und kurze Hosen, an Trikots, die später zu Fetischen werden, zu Trophäen, für die man Preise erzielt.

Und wie unglaublich hoch sind diese Preise. Von mir aus. Wir werden es trotzdem niemals verkaufen, das verschwitzte Trikot des letzten Richters, der uns sagt, dass die Ersten die Letzten sein werden und dass folglich gewinnt, wer verliert. Geliebtes Trikot! Ein Kostüm, an dem Herzen im Bündel hängen. Schlagende Herzen, empfindliche Herzen, allen voran mein Hundeherz, das nach Stöckchen springt und sich himmelwärts wirft, nach irdischen Bällen. Und ein zweites Herz, das beschlossen hat, für immer nur dieses Trikot zu tragen.

Versprochen. Wir ziehen es nie wieder aus. Obwohl es erbärmlich nach Schweiß riecht, nach Bemühen und ewiger Schlaflosigkeit, nach Zitaten der letzten Angstkonferenz. Wir werden es trotzdem nicht waschen. Nur eine Hausfrau kommt auf die Idee, an Wochenenden Trikots zu waschen und Herzen zu striegeln. Wir dagegen verfolgen höhere Ziele, den Himmel, das Tor, das Peitsche nicht trifft.

Aber ich werde von nun an nachsichtig sein und geduldig, denn auch Peitsche ist nichts als Teil einer Mannschaft, die sich immer wieder aufs Neue bemüht, der eine trifft, der andere nicht. Und wie viel Fleiß und Erwartung liegt zwischen zwei Spielen! Und obenauf, in die braune Decke gewickelt, unser verlässlicher Aberglaube, das altbewährte Zeichensystem.

Also. Vor dem Spiel in die Hände spucken, erst in die rechte, dann in die linke, womöglich aber auch umgekehrt, je nachdem, wo die Leiter steht, unter der wir besser nicht durchlaufen sollten.

Jedenfalls nicht an einem Tag, der immer auch ein Freitag sein könnte, der hin und wieder den dreizehnten gibt, den dreizehnten Jünger, die dreizehnte Jungfrau, die dreizehnte Fee. Und die dreizehnte Katze, von der man hinterher nie genau weiß, ob sie wirklich so schwarz war, wie es uns schien. Womöglich ist sie schwarzweiß gewesen, kann auch sein, sie war rot oder braun, eine harmlose Katze, ganz ohne Bedeutung. Geh weiter, Bruder, was sind schon Farben!

Aber freitags ist jede Farbe verfänglich, selbst ein weißer Fleck auf der schwarzen Stirn gewinnt an Freitagen eine Bedeutung, von der man an anderen Tagen nichts ahnt. Deshalb sollte man freitags zu Hause bleiben, um das Unglück und dunkle Damen zu bannen. Man schließt sich ein, öffnet Flaschen, legt Karten, wirft Würfel und legt sein Ohr fest gegen die Tür, man hört die Welt ja auch so.

Für den, der trotzdem nach draußen muss, womöglich ins Feld, gelten die alten bekannten Regeln: Die Waden polieren, auf Schultern klopfen, den Gegner verfluchen, kurz in die Knie und die Stirn auf den Rasen. Beim Singen der Hymne in Tränen geraten, das Stirnband segnen, die Halskette küssen, danach das vertraute Kreuz auf der Brust. Ein schönes kostbares Kreuz aus Blech, verwittert, klein und dreimal vererbt, durch achthundertachtzig Spiele getragen, sonst bringt der ganze Aufwand kein Glück.

Denn auf das Glück kommt es an, auch wenn das Glück nicht zu fassen ist. Wir sind ja umzingelt von falschen Zeichen, von falschen Prognosen, von schmutzigen Tüchern, vom falschen Glückwunsch, für jeden von uns ist einer dabei.

Also Augen auf! Und genau darauf achten, wer vorn in der ersten Reihe sitzt und uns dreifach gedoppelte Blicke zuwirft. Ein letzter Blick auf den doppelten Boden. Ein Anlauf. Nicht stolpern. Ein letztes Mal winken, ganz leicht, nebenbei, dabei trotzdem zehn Finger hoch in die Luft. Und ein Pfiff. Der uns sagt, jetzt dürfen wir laufen.

Lasst sie laufen. Zwei mal elf Männer wie zwei mal elf Ritter auf zwei mal elf Pferden. Splitternde Hufe, zerriebene Knie, zerschmetterte Nasen, geplatzte Lippen, ein gespaltenes Schienbein, gespaltene Zungen. Blutergüsse am Ellenbogen. Zwei mal elf herrliche Männerkörper, flankiert von viel Volk mit Trompeten und Flaggen, von Damen unter riesigen Hauben, die alle so gerne mitlaufen würden, weshalb sie einfach nicht still sitzen können, sondern sich immer wieder erheben, ein Meer, viele Wellen. Sie schüren von oben herab das Feuer, erteilen Befehle, brüllen Kommandos, werfen die Hände entsetzt vors Gesicht, klammern sich an Maskottchen fest, werfen Glücksbringer hoch in den Himmel und halten sich an langen Spruchbändern fest, auf denen in riesigen Buchstaben steht: WIR WOLLEN. IHR MÜSST.

Ich war nicht dabei. Aber ich sehe das Gesicht des Professors und stelle mir vor: Laufen, Stoßen, Reißen und Schieben. Ein Herz für alle und alle für eins, für die ganze Nation. Lieder werden gesungen, Flaschen gehoben, viel Schaum vor dem Mund, und immer den richtigen Fluch auf den Lippen, für England GODDAMN und für Frankreich GODON, bis es zum ersten Elfmeter kommt.

Stille und Angst. Nicht die des Tormanns, sondern die des Schützen, der genau weiß, dass immer der Torwart gewinnt, lauernd und wippend. Das letzte Tätscheln des linken Handschuhs. Selbst wenn er nicht halten kann, was er verspricht, wird er am Ende der Sieger bleiben, weil nur Gott weiß, wohin dieser Ball fliegt. Und Gott wird beim

Jüngsten Gericht nicht fragen, warum er den Ball nicht gehalten hat, denn der Tormann hat immer sein Bestes gegeben. Auch wenn er verliert, er ist trotzdem gesprungen.

Dagegen der Schütze. Wer sagt mir, dass man den Schützen nicht täuscht? Vielleicht genügt eine Mütze, ein Papiereimer über den Kopf gestülpt, schon fliegt der Ball über das Ziel hinaus und verliert dabei himmelwärts seine Seele. Nervöses Tänzeln, leises Knacken unter den Sohlen. Es dreht sich der Ball und der Bruder im Wind.

Und wie leicht der Bruder das Tor verfehlt, wenn der Wind aus der anderen Richtung weht. Heute ein König, morgen ein Nichts und am Jüngsten Tag ein lachhafter Fall. Nicht mehr als elf Meter von hier bis zu Gott, und du hast nicht getroffen.

Alles kann ein Professor ertragen, nur nicht das gähnende leere Tor, wenn der Schütze geschlagen in die Knie geht. PAR MON MARTIN! Ein Aufschrei, der durch die Reihen geht, halb Empörung, halb Jubel. Die laute Stimme des Feindes und das leise Rascheln von frischem Papier, eine rasche Notiz, in der die Schande in Schimpf aufgeht, der uns fröhlich ernährt, bevor wir erneut auf den Rasen müssen, wo die Richter schon warten.

Denn die Richter sind immer vor uns da und halten die Karten deutlich ins Licht. Auf einen Verstoß kommen hundert Verweise. Blason des Couleurs, das werden Sie kennen. Grüne Karten, blaue Karten, weiße, schwarze und gelbe Karten, aber nur Rot ist wirklich verfänglich.

Also Vorsicht mit Farben, ruft der Professor. Achtung bei der Wahl Ihres Trainers, bei der Wahl Ihrer Schuhe, bei der Wahl Ihrer Dame, bei der Wahl Ihres Arztes, bei der Wahl des Maskottchens, auf hundert falsche kommt selten ein echtes. Und Sorgfalt bei der Wahl Ihres Wappens, bei der Wahl Ihrer Mannschaft. Und bei der Wahl Ihrer Reisegefährten, die immer Waffengefährten sind. Eine Neigungswahl geht niemals gut aus. Johanna kann ein Lied davon singen.

Lieber Professor, sagte ich ernst, die Wette gilt, und Sie haben verloren, wir wollten doch nicht von Johanna sprechen.

Aber mein Einwand erreichte ihn nicht, denn er hatte sich längst vor unseren Augen in einen kleinen Jungen verwandelt, der, hochrot im Gesicht und beglückt durch die Aussicht auf Abenteuer, vollkommen sorglos geworden ist und, als hätte ihn jemand laut gerufen, heftig aufspringt, das Papier und die Stifte fallen lässt und ohne Mütze nach draußen rennt, weil er glaubt, es sei Mai, und gleich kommt der Sommer, den keiner von uns verpassen darf. Die schönste Jahreszeit von allen. In der Ferne sieht man sogar schon das Meer, oder jedenfalls das, was wir dafür halten. Auf die Kraft der Einbildung kommt es an.

Der Professor sprang auf und griff in die linke Hosentasche, zog ein Bündel Scheine heraus und verschaffte sich, damit wedelnd, Frischluft, denn es war heiß im Abteil. Geld, rief er lachend, wer redet von Geld, wenn er in guter Gesellschaft sein darf, es versteht sich von selbst, dass die Wette gilt, Geld spielt keine Rolle!

Und indem er die Hand mit dem Schwurfinger hob, rief er lachend und feierlich: Hiermit verspreche ich hoch und heilig, dass ich für alle Kosten aufkomme, für was immer Sie wollen, ich komme sogar für die Kronen auf. Aber bitte, Damen und Herren, verderben Sie mir meine Stimmung nicht, Sie wissen doch selber viel besser als ich, wie selten das eine zum anderen passt, das Wetter zur Route und die Reise zum Ziel. Wie oft weht der Wind aus der falschen Richtung, nur einmal im Leben kommt wirklich zusammen, was für immer zusammengehört.

Umso besser, sagte Peitsche leise, der lauernd in seiner Ecke saß und eine Nussschale zwischen zwei Fingern rieb, um sie dann leichthändig in die Luft zu werfen und mit der linken Hand wieder aufzufangen. Peitsche hasst Überraschungen. Nur zu, sagte er, lieber Klarheit als Aufwand, wohin diese Reise, wenn es in Wahrheit nur um ein Fußballfeld geht. Das können wir anderswo billiger haben.

Um Himmels willen, Peitsche, was tust du, und wie schlecht ich deine Stimme ertrage, die sich niemals erhebt. Warum willst du das Kind zum Verschwinden bringen, den Professor, der einfach beschlossen hat, einen Tag lang wieder ein Junge zu sein und nur für dich seine Mütze schwenkt, als spräche er eine Einladung aus, die er anders nicht aussprechen kann, weil er dann wieder ins Stottern geriete. Er möchte doch auch nur am Feuer sitzen, oder neben dir auf deinem Balkon, wo er dir alles erzählen könnte, was er seit Jahren loswerden will. Lauter Nebensachen des Lebens, die alle in deine Sammlung passen, zum Beispiel, wie man halb tote Falter erschlägt.

Und im Gegenzug würdest du ihm erklären, worin das Geheimnis der Mützen besteht, dass keine wie die andere ist, es scheint ja nur so, auf den ersten Blick, als würden sich unsere Mützen gleichen. Die Wahrheit ist anders und einfach, für jeden Kopf eine eigene Mütze, eine eigene Faltung, eine eigene Aufschrift. Zugegeben, er sollte das wissen, schließlich ist er der Krönungsexperte, warum sollte er also vergessen haben, dass eine Krone auch eine Schandmütze sein kann.

Aber es war schon zu spät. Der Professor war feuerrot geworden, sein schmales verwöhntes Kinn stand in Flammen, das hässliche Kinn Karls des Siebten. Er schwitzte, sein Hemd roch. Im ganzen Abteil roch es plötzlich nach Rauch, die ganze Stimmung drohte, in Rauch aufzugehen.

Aber er ließ sich nicht in die Enge treiben, sondern sagte stehend und laut und ohne zu stottern: Godon! Hören Sie zu, damit Sie es wissen, wir sind in der Schlacht. Von Fußballfeldern ist nicht die Rede. Paris ist nichts als ein Katzensprung, aber sind Sie schon in Domrémy gewesen? Waren Sie jemals in Vaucouleurs, in Chinon, in Poitiers, in Tours oder Blois? Von Reims oder Orléans ganz zu schweigen. Einer wie Sie ist ja niemals dabei, weder beim Krönen, noch in der Schlacht, wer will sich die Hände schon schmutzig machen, wenn es auch mit der Zunge geht.

Apropos, Ihr Französisch, wahrscheinlich können Sie gar kein Französisch. Denn wären Sie des Französischen mächtig, dann wüssten Sie besser, was damals geschah, in der Schlacht von Orléans. Schließlich liegt alles im Ton einer Sprache, der große Sieg und das große Gemetzel, als die Jungfrau noch auf dem Vormarsch war, und wie sie mit angeblich leichter Hand und noch leichterer Zunge Voraussagen macht und für Zeichen sorgt, die jeder versteht und die auch der Dümmste noch ausdeuten kann. Was deuten die Menschen nicht alles aus, und wie oft sie sich irren! Auch wenn fast nichts zueinander passt, wir halten ja alles für folgerichtig.

Zum Beispiel schöne Legenden wie diese: Wie der erste Spötter der Möchtegernjungfrau, weil er flucht und Johanna als Hure beschimpft, zur Strafe in einen Brunnen fällt und ersäuft, während die Jungfrau bereits ihre Rüstung besteigt. Unter uns gesagt, natürlich kein Wunder, sondern nichts als ein Zufall, aus dem man später ein Urteil macht, das sich schlicht und einfach von selber vollstreckt. Welcher Engländer konnte damals schon schwimmen? Später, als Johanna ein Heer besaß, ertranken die Engländer bündelweise. Allerdings nicht mehr in Brunnen, sondern in der Loire, weil die Jungfrau bei Orléans dafür sorgt, dass sich der feindliche Wind endlich dreht und Schluss ist mit der Belagerung.

Ein Sieg, der nur scheinbar erstaunlich ist. Wirklich erstaunlich dagegen ist nur, wie hartnäckig sich die Geschichten halten, auch die alte Geschichte vom Wind, der sich plötzlich dreht. Reinste und schönste Behauptung! Als könnte die Jungfrau Jesus spielen und ganz nach Belieben den Winden befehlen, um nachher zusammen mit ihrer Truppe einfach so über das Wasser zu gehen.

Unter uns gesagt, wie befiehlt eine Frau? Das wissen Sie doch viel besser als ich. Eben. Ganz nach Belieben. Sie befiehlt nicht, sie folgt ihrer Intuition. Vom Ostwind zum Westwind, mein lieber Godon, das ist nur ein leichter Sprung auf die Seite, ein in kurze Gebete gewickelter Fluch, eine hausfrauenschlaue Wahrsagerei, denn was wird nicht alles vorausgesagt, wenn Feuer und Wasser das Kinn erreichen. Prognosen, Statistik, der Wetterbericht! Reinster und schönster Aberglaube, Lotto und Toto, das betrifft auch die Jungfrau. Auf hundert falsche kommt eine echte, und wie oft hat Johanna sich selber getäuscht. Nichts leichter, als Tode vorauszusagen, wenn sowieso jeder Zweite stirbt, und zu behaupten, dass mich die Kugel trifft, wenn ich mich selbst vor die Mündung stelle. Das ist der Krieg, nicht die Stimme Gottes.

Zwar, wie Dunois uns glaubhaft bezeugt, hat der Wind sich damals wirklich gedreht. Aber was sollte daran Hexenwerk sein? Halten wir uns an die schöne Vernunft, an die frühe Physik. Ein befeuchteter Finger, hoch in die Luft, und jeder Idiot wird unschwer erkennen, aus welcher Richtung der Wind wirklich weht.

Es war unerträglich heiß im Abteil, von Wind keine Rede. Durch die Tür, die zum Gang hin halb offen stand, kam kaum frische Luft, und das Fenster ließ sich nicht öffnen. Hinter dem Fenster zog eine Landschaft vorbei, die weder Peitsche noch mir gefiel. Ich knackte Nüsse, indem ich mit großer Heftigkeit die eine auf die andere presste, und Peitsche faltete rote Karten, die er warnend ins Mittagslicht hielt, wobei er laut mit den Zähnen knirschte.

Ich möchte, fuhr der Professor fort, natürlich durchaus kein Kleinkrämer sein, »Wunderglaube um Vierzehnnullfünf« ist eine Arbeit, die zu jeder Hoffnung berechtigt, das wissen Sie selbst. Auch die Fortsetzung ist alles in allem gelungen, aber was die Betrachtung des Windes betrifft, da sind Sie nicht sehr genau gewesen. Sie lieben das Einfache, kann das sein? So wie Sie das Reden dem Schreiben vorziehen, es ist ja bekannt, wie schwer es ist, Gedanken auf bündige Zeilen zu ziehen. Allerdings kein Grund für Nachlässigkeit bei der Recherche. Zwar gebe ich zu, dass es schwierig ist, immer wieder ganz vorne zu sein, das Banner zu tragen, der erste Mann in der ersten Reihe, und das womöglich auch noch auf Dauer. Aber der jüngste Forschungsstand ist nicht immer der neuste, und der jüngste Forscher nicht immer der beste. Manchmal sollte man wieder hinten sitzen, zwei Schritte zurück. Man taucht ab und wartet, auch in der Forschung dreht sich der Wind. Geduld, heißt die Devise, standhaftes Zögern, beharrlich die alten Quellen aufsuchen, um zu wissen, was damals wirklich geschah, nicht selten wird man dabei überrascht.

Damit wir uns hier nicht missverstehen, Chroniken nacherzählen kann jeder, aber damit macht man keine neue Geschichte. Die Geschichte besteht ja nicht nur aus Geschichten, die man leichtfertig nachbeten darf, nur weil sich ein dankbares Publikum findet. Die Geschichte besteht aus Qual und Bemühung, aus Einsicht und Furcht, aus Versuch und Angst, aus Respekt und Eifer, aus Einwand und Schweiß, aus endlosen langen schlaflosen Nächten. Wenig Feuer, viel Rauch, viel Eitelkeit und wenig Erkenntnis. Und jeden Morgen wieder ein Einwand. Es sei denn, Sie nehmen die Sache leicht und suchen Vergnügen.

Nicht dass ich Ihnen das nehmen will, denn, um auf den Wind zurückzukommen, auch Johanna hat ihr Vergnügen gesucht. Und was für ein Wind, dieser Wind von Orléans, ein Eroberungswind, ein Glückswind, ein Maiwind, mit anderen Worten, ein Jungfrauenwind.

Sie seufzen? Seufzen Sie nur, ich mag, wenn Sie seufzen, auch ich könnte fast ins Schwärmen geraten in diesem Wind. Aber glauben Sie mir, Schwärmerei ist das Schlimmste, so drückt man keine Verehrung aus. Sie meinen, nur weil ich ins Stadion gehe, kann ich eins nicht vom anderen trennen? Nicht den Mann von der Sache? Nicht den Träger von seinem verschwitzten Trikot? Und Sie nicht von Ihrer verwirrten Arbeit? Sie haben einen Hang zur Verwechslung, kann das sein? Wissen Sie wirklich nicht, wie man trennt? Das Zeichen vom Ding? Die Wunderwaffe vom rostigen Schwert? Die Zuneigung von der Genauigkeit? Und die Fahne der Jungfrau von ihrer lachhaften Absicht?

In der Wissenschaft geht es um Aufmerksamkeit, nicht um Liebe. Gerade Sie, Spezialist aller Herzen, hätten das eigentlich wissen müssen. Stattdessen sind Sie bloß mitgaloppiert, in der Nase nichts als Eroberungswind. Jeder von uns spielt ja manchmal die Jungfrau, aber Sie! Sie haben sich hinreißen lassen, Sie haben sich auf eine Seite geschlagen, und Parteilichkeit ist das Schlimmste von allem und unverzeihlich in Ewigkeit.

Wissen Sie, wie das die Wissenschaft nennt? Pagenprosa. Leibwächterprosa. Eine schöne und lange Tradition. Sie befinden sich damit in bester Gesellschaft. So hat damals schon Jean d'Aulon geschrieben, der Knappe der Jungfrau, der nicht mehr von ihrer Seite weicht, der neben ihr schläft, ihre Wäsche wäscht und folglich alles über sie weiß. Er trägt auch die Fahne, wenn die Jungfrau sie nicht mehr tragen kann. Und später schrieb er schöne Geschichten, die uns allesamt weismachen sollen, es sei tatsächlich die Jungfrau gewesen, die Orléans erobert hat.

Von mir aus. Denn, kein Zweifel, sie hatte Sinn für die Szene, Hang zum Theater, Talent für die Pose, das so genannte Naturtalent. Liebe, Verehrung und Charisma. Falls Sie so wollen. Jeder Zweite lag ihr zu Füßen. Aber kein bisschen Tugend, von Bescheidenheit gar nicht zu reden. Dunois hat das jedenfalls gleich begriffen. Schöner Dunois, nimm mich mit in die Schlacht, schreit die Jungfrau, sonst werde ich dir den Kopf abschlagen. Natürlich. An dieser Stelle ist Nachsicht gefragt, denn, in Gottes Namen, das ist ihre Art, immer stürmisch voran. Und immer wieder das große Schluchzen, wenn die Engländer sie als Kuhmagd beschimpfen. Wie eben Jungfrauen sind, viel Schwung und sehr viel Empfindlichkeit. Viel Reizbarkeit und wenig Erkenntnis.

Unter uns gesagt, wer erträgt schon Erkenntnis. Eine Jungfrau bestimmt nicht. Ein englischer Einwand, faire Kritik, schon laufen die Tränen. Im Weinen war Johanna ganz vorn, himmelhoch jauchzend, zu Tode betrübt, falls Sie wissen, was ich meine. Ein Lieblingsstoff für jüngere Damen, die besonders gern über Johanna schreiben, weil sie wenig Sinn für die Wahrheit haben. Aber nicht Johanna hat Orléans erobert. Johanna ist nichts als ein kühnes Maskottchen, das Mädchen von nebenan mit dem Schwert, der Liebling aller, ein Gretchen in Waffen. Was man durchaus nicht unterschätzen sollte, denn, wie das französische Sprichwort sagt: Niemand schwenkt Fahnen so heftig wie Damen! Das werden Sie kennen. Was allerdings das Erobern betrifft, das Erobern besorgen, wie immer, die Herren. Die Herren Dunois, Alençon und de Rais, um nur die wichtigsten Namen zu nennen.

Übrigens lauter verschwitzte Männer. Große Stoffe und schmutzige Westen. Wie die Weste La Hires, von Johannas Waffenbrüdern der schlimmste. Hundert Jahre Krieg und kein Ende, eine blutige hinkende Raserei, ein tönender Abgrund der Niedertracht, mit dem sich die Damen nicht gern befassen. Kein Ritter, sondern ein Plünderer, aber was für ein Mann! Und was die forschenden Damen betrifft: Nie kommen sie über den Mantel hinaus, ein so schöner Mantel und so tönende Glocken.

Der Professor schnappte nach Luft, dann wurde es plötzlich still im Abteil. Peitsche hob seinen Blick aus der Landschaft und legte ihn auf das Gesicht des Professors, mitten hinein in die letzte Glut, die von der Flamme noch übrig war. Wie sehr Sie sie hassen, sagte er leise. Aber das macht nichts. Die Jungfrau ist nicht auf Sie angewiesen. Johanna war allein unterwegs.

Peitsche, wie sprichst du! Wann hältst du den Mund? So kommen wir niemals nach Orléans, auch nicht nach Chinon und ganz sicher nicht mehr pünktlich nach Reims, um nach der ersten gewonnenen Schlacht endlich Karl den Siebten zu krönen. Es sei denn, dass jetzt ein Wunder geschieht, das kleine Wunder von nebenan, auf das wir alle drei warten. Drei dunkelgrüne Ritter auf Urlaub, die immer noch davon träumen, dass der Kopf mit der Krone zur Deckung kommt. Denn obwohl keiner von uns das zugeben wird, wir wären doch gern mit dabei gewesen.

Wie gern hätten wir am Portal gestanden, um danach höchst feierlich einzuziehen. Peitsche und der Professor voran, ich hinterher, die Zunge am Boden. Weil ich das Fest nicht beschreiben kann und erst recht nicht die Schönheit. Wie Johanna die Kathedrale betritt, mit Fahne, in Rüstung, die jüngste von allen, die einzige Frau im Krönungszug, die einzige ohne Titel und Absicht. Über der Rüstung den Waffenrock, einen Waffenrock aus weißer Seide, so selbstlos und weiß, dass auch ich in die Knie gehen muss.

Heilige Einfalt! Woher hat sie den Rock, wer hat ihn genäht, und woher die Befugnis? Und wie schön ist die Fahne, tausend Mal schöner als jedes Schwert, ganz nach dem Geschmack ihrer Stimmen gefertigt. Die weiß grundierte Dreifaltigkeit, flankiert von zwei Engeln, bekränzt von Lilien, auf der Rückseite ein azurblauer Schild, von zwei Engeln gestützt. Auf dem blauen Schild sitzt die weiße Taube, die Aufschrift im Schnabel bis heute gut lesbar: DEM KÖNIG DER HIMMEL!

Und wie leuchtet die Jungfrau hinter der Fahne! Weder Ritter noch Knappe, weder Klerus noch Adel, nicht Mann und nicht Frau. Unerreichbar und frei. Ein Kind unterm Helm der Vermessenheit, das Ziel unserer Wünsche, zwischen Gipfel und Abgrund, auf der Mitte der Leiter, von der wir nicht wissen, wohin sie uns führt.

Himmel, Hölle, das ist mir egal, wir werden die Fahne nach Hause tragen, und den Waffenrock werden wir niemals waschen. Wir werden ihn zu den Mützen legen, und nachts, wenn Peitsche nicht schlafen kann, wird er mich wecken. Dann stehen wir auf und gehen umher und halten den Waffenrock gegen das Licht und versuchen gemeinsam, die Aufschrift zu deuten, die uns der Krieg hinterlassen hat. Und wie schön ist Peitsche im Licht der Nacht, wenn er Aufschriften zu entziffern versucht und Zeichen deutet und Spuren liest. So schön, dass selbst ich in die Knie gehen werde.

Nur fehlt dazu die Gelegenheit. Denn natürlich kommen wir niemals nach Reims, und, viel schlimmer, wir kommen auch nicht nach Hause. Denn wir sitzen im Zug und fahren dahin, wir sind unterwegs, das heißt, wir sind nirgends. Und das ohne Fahne und Waffenrock.

Nur unser Professor tut immer noch so, als bemerke er nichts, auch nicht, wie unser Abteil langsam schrumpft und wie dick die Luft ist, wie sehr es nach Rauch riecht, und wie wenig Platz hier für Vorträge ist, bei denen man auf- und abgehen sollte, ohne andauernd an Wände zu stoßen.

Keine Aussicht auf Rettung. Nur plötzlich ein junger Mann in der Tür, der winkte und freundliche Zeichen gab, wobei er auf seinen Karren zeigte, der mit Gebäck und Getränken beladen war. Der Professor griff zu, auch ich griff zu. Nur Peitsche schüttelte heftig den Kopf, womit er uns zu verstehen gab, dass er keine Versöhnung sucht. Erst recht keinen Frieden. Wozu auch. Nicht auf Verehrung angewiesen. Schon gar nicht auf Liebe. Auch die Jungfrau ist allein unterwegs, oder hätte man jemals von einem gehört, der ihr die Hand gehalten hat, als sie den leeren Tisch bestieg, um in das Loch auf die Leiter zu steigen?

Himmel, Hölle, das ist mir egal, auf jeden Fall eine unklare Richtung, der ich einfach nicht folgen kann, kann auch sein, ich will nicht. Denn ich habe es satt, nach dem Stall zu suchen, in dem der einzige König liegt, den auch Johanna nicht krönen kann, ein kleines fröstelndes Kind unterm Helm.

Nichts als verschrobene Knappenprosa, die ich schon letzte Nacht nicht verstand, als ich, wie immer, im Halbschlaf lag und Peitsche sich auf dem Küchenstuhl drehte und durch die geöffnete Küchentür ohne Quellenangabe zitierte, dass Johanna nichts als ein Feuer ist, nach dem wir uns ununterbrochen sehnen und nach dem wir fröstelnd die Finger ausstrecken. Die Flamme ist da, wovor fürchtest du dich, warum greifst du nicht zu?

Und ich, in die braune Decke gewickelt, rufe traumlos zurück: Ich fürchte den Wind und um meine Finger.

Prüfungen

Jeanne. Jehanne. Johanna d'Arc. Oder Darc oder Dart? Von mir aus auch Tarc oder Tart oder Day. Oder Jane oder Joan. Warum nicht schlicht und ergreifend DIE JUNGFRAU?

Peitsche schreibt dies, und ich schreibe das. Altfranzösische Rechtschreibreform, so geht das seit Jahren. Umso besser, dann haben wir länger zu tun. Die Forschung ist ewig, sie kommt an kein Ende, sie einigt sich nie. Nicht auf Zahlen und Daten und auch nicht auf Namen.

Nur Johanna ist nicht darauf angewiesen, denn wie wir die Fakten auch drehen und wenden, wir sind fast tot, und sie bleibt lebendig. Puella Johanna. Geboren am sechsten Januar, kann sein, auch am fünften. Vermutlich im Jahr Vierzehnundzwölf, als Tochter von Isabelle und Jacques, Frau Romée und Herr d'Arc in Domrémy. Liegt irgendwo im Königreich Frankreich.

Domrémy Nord oder Domrémy Süd?, fragte Peitsche, der mit dem Rücken zu mir auf dem Küchenstuhl saß, frische Mützen gegen das Licht hielt und meinen Vortrag andauernd unterbrach, weil er immer noch will, dass es ums Ganze geht, vielleicht aber auch nur, weil er Einwände liebt. Sind Sie sicher, dass das in Frankreich liegt, fragte er, ohne den Kopf zu heben.

Domrémy von Greux, Diözese Toul, sagte ich trotzig.

Wo immer das liegt und wer immer auch dafür zuständig ist, ich halte mich, wie der Professor, an Karten. Sind Sie jemals in Domrémy gewesen?

Natürlich ist Peitsche dort gewesen, wie sonst kann es sein, dass er alles weiß. Vermutlich war Peitsche überall. In der Nacht auf Dreikönig an der Wiege der Jungfrau. Am Morgen danach unterm Feenbaum, um Johannas Stimmen zu belauschen, die ihr eingaben, sich auf den Weg zu machen und das Königreich Frankreich zurückzuerobern. Danach Vaucouleurs, zum Burghauptmann Baudricourt, der Johanna mit Männern und Pferden versah, weil für Frankreich nichts mehr zu verlieren war. Dort fiel auch der erste Mann in den Brunnen, und Peitsche ist mit dabei gewesen. Man muss schließlich sehen, was man beschreibt.

Und wahrscheinlich ist es auch Peitsche gewesen, der danach mit Johanna am Brunnenrand saß und ihr riet, sich von ihren Röcken zu trennen, sich die Haare zu schneiden und für immer in Männerkleider zu steigen, obwohl es die Bibel anders will. Aber weil Johanna nicht lesen konnte, blieb sie nicht an der Bibel hängen, sondern schnitt sich die Haare und stieg auf ein Pferd.

Auf nach Chinon, an den Hof von Karl, um mit Peitsche ERKENNE DEN KÖNIG zu spielen. Ein Spiel, das Peitsche blendend beherrscht, fast so gut wie Johanna, auch heute noch. Wenn ihm die Mitspieler fehlen, stellt er sich einfach vor seinen Spiegel, erkennt sich selbst und lauscht einer Stimme, die ihm erzählt, wie schön es dort war und wie hoffnungsvoll.

Schönes Chinon! Uneinnehmbare Sprache, imposante Ruinen, sehr guter Wein. Nur die Jungfrau trank keinen einzigen Schluck, damit ihr das Gesicht nicht verrutscht. Denn schon am nächsten Morgen ritten sie weiter. Nach

Poitiers, wo Karl die Geistlichkeit prüfen lässt, ob die Jungfrau wirklich DIE JUNGFRAU ist, von der schon so lange die Rede ist, die kommt, um das herrliche Frankreich zu retten, oder doch nicht nur eine der selbst ernannten, von denen es hier so viele gibt.

Von der Inspiration zur Hysterie, das ist ja nur ein Gedankensprung, das Land ist vollgestopft mit Frauen, von denen jede Zweite behauptet, göttlich gesandt und prophetisch zu sein, das heißt, Stimmen zu hören, Gesichter zu sehen, Tote wieder zum Atmen zu bringen und ein lahmes Pferd aus dem Stegreif auf Trab.

Nichts davon hat Johanna getan. Johanna kann überhaupt keine Wunder. Keine Zeit für Wunder. Nicht auf Verehrung angewiesen. Nicht auf irdische Liebe. Johanna glaubt weder an Geister noch Feen, schon gar nicht an Zeichen. Legt Hand an, statt Hände aufzulegen. Sie glaubt an einen dreieinigen Gott, der ihr Würfel, Karten und Sternbild ersetzt, der nicht in Kristallkugeln und auch nicht im Kaffeesatz wohnt, sondern gleich nebenan.

Und wie großzügig seine Ausrüstung ist. Denn Gott hat mehr als ein Pferd erschaffen, bricht das eine zusammen, besteigt man das nächste. Auch Schwerter erschuf er in Hülle und Fülle, zerbricht eins davon auf dem Rücken des Feindes, ist die Schlacht noch längst nicht verloren. Man nimmt einfach dem Feind das Schwert aus der Hand und erschlägt ihn mit seiner eigenen Waffe. Auge um Auge und Zahn um Zahn.

Nur damit ihr es wisst. Nicht das Schwert ist die Waffe, sondern der, der es führt, nicht das Ding hat Bedeutung, sondern wir sind es selbst, die den Dingen ihre Bedeutung geben. Behauptet Johanna und besteht jede Prüfung, die Magister müssen sie ziehen lassen.

Die Details der Prüfung ersparen wir uns, ein geschmackloser Vorhang im Nebenzimmer, hinter dem sich hundert Gelehrte verstecken und mit gierigen Blicken den Damen folgen, die Johannas Leib auf den Grund gehen sollen, wobei sie gelbe Handschuhe trugen.

Was geht das uns an, wir haben zu tun. Denn schon morgen sind wir in Orléans und drehen den Wind, nach den Gesetzen der frühen Physik, die auch nur von Gott erfunden ist. Und zur Belohnung gewinnen wir Mützen, die die englische Niederlage besiegeln, voran die doppelt beschriftete Mütze von Warwick, der die Jungfrau auch ohne Prüfung erkennt: WÄRE SIE DOCH EINE ENGLÄNDERIN.

Aber Johanna ist keine Engländerin, sondern aus Lothringen, Diözese von Toul, Königreich Frankreich. Sie kennt ihre Reiseroute genau. Nach dem Sieg von Orléans rascher Ritt auf Jargeau, danach Meung-sur-Loire. Gemeinsame Einnahme von Beaugency. Dann die Schlacht von Patay.

Eine Schlacht, an die Peitsche sich gerne erinnert. Es gibt sogar Bilder. Und das hier bin ich, sagte Peitsche stolz und schlug eine Seite im Album um, ein Kind unterm Helm. Daneben Johanna, ein Haarschnitt wie eine Puddingschüssel. Unter der Schüssel ein ernstes Gesicht, vor den Augen ein Ziel. Auf Peitsches Abbildung allerdings etwas verschwommen.

Klar und strahlend dagegen die Krönung von Karl, der plötzlich tatsächlich ein König sein will, denn wer widersetzt sich dem Willen der Jungfrau? Pomp und Posaune, der Krönungszug. Ein langer und herrlicher Zug nach Reims. Auch davon Bilder, die Peitsche in einer Rüstung zeigen, die ihm, nicht anders erwartet, gut steht. Darüber ein blauer Waffenrock, aus reinster Einbildung und kostbarster Seide, ein Kostümfest der besonderen Sorte. Bis kurz vor Reims trug er sogar die Fahne, wovon der Professor bis heute nichts weiß, weil Peitsche die Bilder niemandem zeigt.

Auch mir hat er sie nur einmal gezeigt, ein kurzer Moment von seltener Schwäche, neulich morgens um vier, dann nie wieder. Bilder, die man nicht mehr vergisst, alles ganz deutlich: Peitsche neben der Jungfrau zu Pferd, in der Linken die Fahne, eine lilienbekränzte Linkshänderfahne mit der klaren Aufschrift im Schnabel der Taube, die rechte Hand lässig am Zügel. Ein Kutscher, der von Kathedralen träumt.

Jeder Zweifel unmöglich. Das Bild zeigt einen sehr jungen Mann, taufrisch verliebt, der nichts lernen muss, weil er jung genug ist, um alles zu wissen und offenbar noch keine Hobbys braucht, um im Leben auf seine Kosten zu kommen. Weder Gäste, noch Mützen, noch Nebenzimmer, auch keinen Balkon. Ein Mann, der in guter Gesellschaft ist, weil er selber ein guter Begleiter ist. Ein Mann für Lagerfeuer und Wind. Ein Mann für den Sieg.

Geliebte Jugend! Aber wo ist Peitsche, wenn der Wind sich dreht und das Blatt der Jungfrau sich wendet? Warum geizt er plötzlich mit seiner Schönheit, wofür hebt er sich auf? Und wo sind die Hände, die ich immer noch gerne anfassen möchte?

In Compiègne ist nur noch sein Schatten zu sehen und kurz vor Paris nur noch der Schatten des Schattens, bis sein Doppelschatten das Bild verlässt und nebensächlich nach links verschwindet. Die letzten Blätter des staubigen Albums zeigen die Jungfrau ganz ohne Begleitung.

Auch in Paris taucht Peitsche nicht auf, obwohl die Stadt

viel zu bieten hat, wie er mir immer wieder versichert. Kann auch sein, dass Peitsche damals schon klug war und sehr genau wusste, dass das Hauptstadtherz nicht für die Jungfrau schlägt. Ob Gott womöglich aus der Provinz kommt und deshalb so kurz vor den Toren versagt?

Jedenfalls kennt Peitsche den Boden des Schlachtfelds genau, auf dem man schlecht steht, wenn ein Stern plötzlich fällt, weil er unvermutet die Bahn verlässt, sobald der Pfeil sich im Bein einer Jungfrau verirrt. Eine Sache, aus der man ein Schicksal macht, um einem Unfall historisch Bedeutung zu geben.

Ein englischer Pfeil! Die getroffene Jungfrau! Ich schlafe, und Johanna verliert ihre Schlacht! Dornengekrönt und von Gott verlassen! Damen und Herren, das war zu erwarten. Also doch eine Hexe! Entsetzen unter den Waffenbrüdern und Jubel auf der englischen Seite, eine Furcht, die sich plötzlich in Spott auflöst, in Häme und Flüche. Denn wie hässlich erscheint uns plötzlich die Jungfrau, verwundbar und gar nicht mehr gottgesandt, wenn ihr menschlich und blutend, hinkend und humpelnd, schreiend und schlagend auf einmal das Bauerngesicht verrutscht.

Schreiende Frauen sind niemals schön, nicht kurz vor Paris und auch nicht in Saint-Denis im September, schon gar nicht in Gien oder in Lagny. Schreiende Frauen führen zu nichts, niemals lassen sie Platz für den Mann, der endlich selber ins Bild treten möchte und sich deshalb zurückziehen muss, sobald eine Träne zu fließen beginnt.

Und so kommt es, dass Peitsche nach links verschwindet, bevor die blutende Jungfrau ins Bild kommt, um ein letztes Mal ihr Pferd zu besteigen und ein zweites Mal nach Compiégne zu reiten.

Geliebte Johanna! Warum bist du nicht einfach nach

Hause geritten und hast dich auf deinem Sieg ausgeruht, auf dem Sieg von Orléans oder dem von Patay. Warum hast du dich nicht vor die Haustür gesetzt und den Schafen dein Abenteuer erzählt? Das hätte dich zwar nicht heilig gemacht, dafür aber menschlich. Immer wieder hätte man dich gefragt, wie es war, im Wind von Orléans. Und du hättest immer wieder von vorn die altbekannte Geschichte erzählt. Knappenprosa für alle!

Wie der Wind sich dreht und wie du zwischen La Hire und de Rais unaufhaltsam nach vorne stürmst. Deine Kinder hätten dir an den Lippen gehangen und später die Kinder deiner Kinder, und du hättest ihnen geduldig erklärt, was man in jeder Bibel liest: Kinder, alles hat seine Zeit. Auch der Sieg und die Niederlage. Und danach hättest du den Kindern erklärt, wie man Siege von Niederlagen trennt, ohne dabei Schaden zu nehmen.

Nur dachte Johanna nicht an zu Hause und schon gar nicht an Kinder. Von Rückkehr kein Wort und von Umkehr erst recht nicht. Wie hätte Johanna auch umkehren können, sie war ja fast da, das Ziel ihrer Wünsche zum Greifen nah. Fünfzigtausend Männer mir nach!, schrie Johanna beim zweiten Sturm auf Compiègne. Heilige Einfalt! Als hätte sie immer noch nicht begriffen, dass von Männern nicht mehr die Rede sein konnte, von fünfzigtausend Männern schon gar nicht.

Eine himmlische Heerschar war nirgends zu sehen, Johanna war längst allein unterwegs. Ein Sumpf ohne Vorhut und Nachhut, viel Angriff, kaum Deckung, bis ein feindlich beherzter Bogenschütze sie endlich am Zipfel des Mantels erwischt und für die Ewigkeit vom Reiten erlöst. Heiliger Martin, was für ein Mantel! Ein Überwurf in Scharlachrotgold, viel zu schön, viel zu schwer. Dabei hätte Johanna doch wissen müssen, dass nur eine Leichtmetallrüstung entkommt!

Das kommt davon, wenn man glänzen will! Am Ende steht immer Gefangenschaft. Aber Mantel hin und Überwurf her, wäre Johanna zu retten gewesen? Wohin hätte sie fliehen sollen? Womöglich wollte sie gar nicht entkommen, vielleicht war sie einfach nur einsam und müde und wollte, dass sich die Schrift erfüllt. Eine Kinderhandschrift aus Ehrgeiz und Ehre, oder das, wovon ihre Stimmen sprachen, als sie ihr kurz vor Ostern erklärten, dass die Reise jetzt langsam zu Ende geht. Dass es Zeit ist, aus der Rüstung zu steigen und den Helm gegen eine Mütze zu tauschen, mit der gastlichen Aufschrift WASSER UND BROT.

Willkommen, Johanna, im Turm von Beaulieu! Ein enges Quartier, aus dem keiner entkommt und in dem du dich endlich ausruhen darfst, um dich auf deine Prüfung vorzubereiten. Die letzte und schwerste Prüfung von allen, die allerletzte Angstkonferenz.

Das war im Mai. Im Jahr Vierzehndreinull, als ein kurzes Leben in zwei ungleiche Hälften zerbrach. In Draußen und Drinnen, in Schlachtfeld und Turm, in Ankunft und Abschied. Kommen und Gehen, Freude und Qual, in Jugend und Alter, Leben und Tod. Übrigens trägt auch der Tod eine Mütze mit der klassischen Aufschrift KEINE AUSSICHT AUF FLUCHT.

Mai Vierzehndreinull. Ein historischer Frühling, den ich lesend, schreibend und Vorträge haltend als Gast auf Peitsches Balkon verbrachte, um mich auf Prüfungen vorzubereiten, auf die man nie vorbereitet sein kann, weil der Professor immer den Vorsitz führt. Denn der Professor ist unberechenbar, genau wie der Bischof. Hundert Antworten auf eine Frage, die Angst vor der Fülle der Möglichkeiten. Und die Angst vor der Rache für eine Reise, bei der, wie wir alle drei zugeben müssen, keiner auf seine Kosten kam, weder Peitsche, noch der Professor, noch ich.

Eine traurige Reise. Denn natürlich sind wir nach Hause gekommen, ohne das Schlachtfeld betreten zu haben und ohne in Reims gewesen zu sein. Wir haben so gut wie gar nichts erlebt und nichts zu erzählen. Drei geschlagene mutlose Ritter auf Urlaub, die sich nachher am Bahnsteig schweigend trennten, ohne sich auch nur die Hand zu geben. Verloren. Was keiner von uns zugeben wird, weil niemand von uns wahrhaben will, dass wir wieder von vorne anfangen müssen.

Also. Vergessen wir diese Reise einfach. Kein Wort mehr davon. Sie hat überhaupt nicht stattgefunden. Wir sind nie in denselben Zug gestiegen, keiner von uns ist in die Knie gegangen, keiner von uns hat Nüsse geknackt, und niemand hat rote Karten gefaltet und womöglich dabei mit den Zähnen geknirscht.

Wir sind nicht mehr neunzehn, sondern einfach auf unseren Posten geblieben. Der Professor im Hörsaal, Peitsche in seinem Mützenzimmer und ich zwischen meinen Büchern und Karten, weil die Tage bis zur Prüfung gezählt sind und auch nicht den kleinsten Ausflug erlauben. Meine Aufschrift lautet ICH WILL NICHT, ICH MUSS.

Ich muss mich auf alles vorbereiten, auch auf das, was ich immer wieder vergesse. Domrémy Nord oder Domrémy Süd? Die alte Falle, ein Nebenschauplatz, schon falle ich durch. Die Tücke historischer Geographie, und die vertraute Angst vor dem Zahlenstrahl, den ich immer wieder von vorne zeichne, damit alles in eine Ordnung kommt.

Was soll daran schwer sein? Hier ist das Lineal, da ist der Stift, die Linie zieht sich ganz wie von selbst, sogar Linkshänderhände können das schaffen, man muss sich nur etwas Mühe geben. Der Rest ist mit wenig Verstand rasch begriffen, nichts als niedere Mathematik. Zahlen und Daten. Damen und Herren. Das Leben beginnt im Januar und endet im Mai. Der Rest, auf neunzehn Jahre verteilt, ist schneller erzählt als man rechnet.

Das behauptet jedenfalls unser Professor, der nichts vom menschlichen Leben versteht, weil er nicht weiß, wie ein Leben sich rechnet. Weil er immer noch nicht begriffen hat, dass die Zeit zwischen Januar und Mai, die im Kalender so überschaubar erscheint, unvermutet sehr lang werden kann oder, umgekehrt, ganz einfach verschwindet. Als hätte sich plötzlich ein Raum geöffnet, in den sich die Zeit erleichtert zurückzieht, um sich dort endlich auszudehnen oder, ganz nach Belieben, zu schrumpfen, um zu werden, was sie in Wirklichkeit ist. Nicht erzählte Zeit, sondern reine Erzählzeit, heute zu kurz und morgen sehr lang, zwei Schritte nach vorn und drei wieder zurück.

Denn kann sein, der Erzähler gerät ins Stottern, weil er sich nicht mehr ganz sicher ist, wovon er spricht. Ob es wirklich so war, ob er weiß, was er sagt, ob er sagen darf, was er wissen kann, ob er fragen soll, was er wissen will, ob er zwischendurch springen und reiten darf oder absteigen, wenn das Pferd nicht mehr will. Weil es Durst hat. Und weil auch wir manchmal trinken müssen.

Denn wer nicht innehält und zum Brunnen geht, um zu trinken und seine Wunden zu waschen, wie will der wahre Geschichten erzählen? Geschichten ohne Anfang und ohne Ende, die man auf keinen Zahlenstrahl zieht. Geschichten wie Züge, die plötzlich auf offener Strecke halten, zwischen zwei Bahnhöfen, die wir kennen, oder immerhin doch zu kennen glauben, weil wir sie namentlich nennen können. Schließlich haben wir Karten dabei. Nur die offene Strecke kennen wir nicht, weil sie für uns keinen Namen hat oder wir nicht für sie.

Wie unruhig macht uns der fehlende Name. Auch die Stimme des Schaffners beschwichtigt uns nicht, der uns mehrfach versichert, dass die Reise ganz sicher gleich weitergeht, dass der kleine Schaden behoben wird, nur eine Störung, ein Defekt in der Leitung, ein Signal, das auf Rot steht. Damen und Herren, ruft der fröhliche Schaffner, gleich wird es ja Grün, und Grün ist die schönste Farbe von allen, die die Hoffnung niemals aufgeben wird, dass wir den Zielbahnhof doch noch erreichen und mit etwas Glück auch den Anschlusszug.

Aber wer will sich auf einen Schaffner verlassen, der auch nicht weiß, ob wir pünktlich sind und den man ausschließlich dafür bezahlt, dass er Zweifel in gute Stimmung verwandelt, obwohl er genau wie wir gar nicht weiß, wo der Zug wirklich hält. In Domrémy Süd oder Domrémy Nord? Sind wir überhaupt schon in Frankreich? Stecken wir nicht an der Grenze fest, eingekeilt zwischen Zöllnern, die alles gegen das Licht halten werden?

Das meiste verwendet man gegen uns. Satteldecken von Vierzehnzweineun, glanzlose Helme, Kronen und Hauben. Und das Schwert der heiligen Katharina, das überall Misstrauen erregt. Das berühmte Zauberschwert von Fierbois, das bei näherem Hinsehen auch nur ein Schwert ist, das heißt, ein Schwert wie die anderen auch, also nichts als ein Echo, nichts als ein müdes Ausstellungsstück, mit dem man niemanden mehr bedroht, weil Johanna es längst zerbrochen hat. Denn Johanna, die niemanden neben sich duldet, jedenfalls keine andere Frau, hat es erst kürzlich entschieden zerschlagen, auf dem Rücken einer Marketenderin, die sie für eine Hure hielt und die sie nicht mit dabei haben wollte.

Johannas grausame Eifersucht! Auf Schlachtfeldern ist kein Platz für die Liebe, die Stunde der Leidenschaft schlägt auf dem Feld und nicht erst nachts in den Hinterzimmern. Die Jungfrau legt auch beim Schlafen die Rüstung nicht ab, wer in Not ist, soll gefälligst Gebete sprechen.

Wäre der Zöllner, was er vorgibt zu sein, nämlich ein Kenner historischer Stoffe, dann sähe er auf den ersten Blick, dass Johanna längst tot ist und der Stoff nichts mehr wert und dass ich nicht in die Schlacht ziehen will, sondern bloß nach Reims in die Kathedrale. Und das nicht etwa aus Glaubensgründen, nicht um zu beten, sondern zu reinen Forschungszwecken. Denn übermorgen habe ich Prüfung, und der Professor wird mich ganz sicher fragen, ob ich vor Ort war und ob der Kopf mit der Krone zur Deckung kam. Dabei wird er mir nicht in die Augen sehen, sondern schräg nach links aus dem Fenster, wo Studenten unter Maibäumen sitzen und ihren Damen Maikränze flechten, blühende Kronen der Illusion.

Nur, um was für Kronen handelt es sich? Wie sehen sie aus? Wer hat überhaupt das Recht, sie zu tragen? Wer erträgt ihre schreckliche Leichtigkeit, ihr vergängliches grünes Frühlingsgewicht? Sind sie gegen den Wind versichert? Gegen Verrat? Und wenn ja, bei wem, seit wann, für wie lange? Und wie hoch sind die Kosten? Wo hat man die Kronen zuletzt gesehen? Auf welchem Kopf? Wem passen sie, und wem passen sie nicht?

Hundert Kronen auf eine Frage! Für die Angst, die mich führt. Auf die Angst ist Verlass. Denn sobald ich das Zimmer des Professors betrete, werde ich wieder ins Stottern geraten, weil das Zimmer nach Rauch riecht, nach Pfadfinderstreichen, und weil ich bemerke, dass dem Professor die Prüfung völlig egal ist, denn draußen ist Mai.

Damen und Herren, draußen ist Mai, vergessen wir einfach den kleinen Krieg. Jünglinge stehen hinter den Fenstern, die Nasen drehen und Kronen flechten und prächtige Damen spazieren führen, Damen unter maigrünen Hauben, mit denen man Züge besteigen will. Aber nur zum Schein, denn in Wahrheit träumt der Professor davon, Arm in Arm mit den Herren zu gehen und dabei jugendlich seine Mütze zu schwenken. Eine Mütze voll Frischluft und Geld, das gefüllte Tische und Betten verheißt. Mit Aussicht auf Meer. Oder das, was Jünglinge dafür halten.

Apropos Jünglinge, sagte Peitsche und hielt eine Mütze hoch in die Luft, auf der warnend und deutlich EIN BLAUBART stand. In Frankreich erkennt jedes Kind diese Mütze. Die Mütze des Blaubarts Marschall de Rais, des berühmten Erfinders des Nebenzimmers, des siebten Zimmers, des Zimmers der Angst.

Auf den ersten Blick durch das Schlüsselloch immer noch ein sehr schönes Zimmer, wie gemacht für Bankette in fröhlicher Runde nach einer gemeinsam gewonnenen Schlacht. Gedeckte Tische und Kerzenleuchter, gedämpfte Musik, gedämpfte Damen, gefütterte Herren, rote Jacken, vergoldete Westen und blaue Bestecke auf schweren Decken. Messer und Gabeln, nach denen gierige Hände greifen, die in gelben Handschuhen stecken, hungrig und appetitlos zugleich. Ein Zimmer voller Messer und Gabeln.

Und unter den Tischen sehr spitze Schuhe, Schuhe wie Klingen, über die ein Jüngling nach dem anderen fällt.

Heilige Einfalt! Der erste ist zehn, der zweite zwölf, der dritte vierzehn, und alle sind stumm. Die Kinderangst in Pelze gewickelt. Taufrische Herzen, die schneller schlagen, wenn der Marschall den Gästen nach Feierabend ein ganz besonderes Spiel verspricht. Ein Spiel, von dem Johanna wahrscheinlich nichts ahnte, als er neben ihr hoch zu Ross in die Schlacht ritt.

Ahnungslose Johanna! Kein bisschen Menschen- und Männerkenntnis, keine Ahnung von tödlicher Leidenschaft. Ein unbenutztes Jungfrauenherz, das nur das eigene Schlagen erkennt und das von Nebenzimmern nichts weiß. Auch nichts von Festen, flankiert von Servietten und Damen in Hauben und Herren aus Fett, deren Herzen das Messer niemals erreicht, weil sie das Messer selber führen.

Geliebte Langeweile! Ein kleines, tüchtiges Taschenmesser, das mühelos Kinderherzen zerlegt, sobald sich die Tür zum Hobbyraum öffnet und der Marschall seine Kostüme wechselt. Schluss mit der harmlosen Maskerade! Vom siegreichen Marschall zum fröhlichen Henker, vom Bogen zum Beil, das ist ja nur ein Gedankensprung, und wie leicht der Marschall die Farbe wechselt, sobald der Wind nach Jünglingen riecht.

Auch ich habe längst die Farbe gewechselt, aber die Angst hält mich fest und lässt mich nicht los. Ich kehre nicht um, ich gehe mit, um zu sehen, was ich nicht sehen will und was vielleicht nie jemand sehen sollte. Alle Jünglinge, die der Marschall entführt hat. Gefangen, gefüttert und nachher erlegt. Nacht für Nacht und von Woche zu Woche, in Wochen, aus denen Monate wurden, und die Monate, folgerichtig, zu Jahren, ein Lebenswerk, eine Besessenheit, eine wilde Manie. Womöglich auch nur ein französisches Hobby, eine schrecklich verspätete Kinderkrankheit, ein eiskalt beleuchtetes Unglück. Als hätte jemand ein Licht angemacht, das sich nicht aus natürlicher Quelle speist und das den Betrachter kränkt und verletzt.

Ein Licht, das in einen Kessel fällt, in dem Gilles de Rais, siegreich als Marschall und talentlos als Hexer, Kinderblut in Gold verwandelt. Bis irgendwann Schluss ist mit diesen Spielen, weil ihn seinerseits endlich der Henker erlöst. Kinder, alles hat seine Zeit, auch der Sieg und die Niederlage.

Natürlich, Schauergeschichten sind schön, rief Peitsche, aber nicht jenseits des Lagerfeuers, so kommen Sie niemals durch die Prüfung. Vergessen Sie diesen Blaubart am besten, nichts weiter als eine Randfigur. Überhaupt. Spitznamen bringen kein Glück. Über wen Sie auch sprechen, und was immer der Professor Sie fragt, lassen Sie Gilles de Rais aus dem Spiel, der Professor hasst Gilles de Rais. Er will von dieser Geschichte nichts wissen, wir sind nicht mehr neunzehn, wir haben das Schlimmste längst hinter uns. Der Professor erträgt nämlich keine Geschichten, in denen von Kindern die Rede ist. Und Kindheitsgeschichten verträgt er schon gar nicht.

Woher ich das weiß? Sie können mir glauben, ich kenne den Professor länger als Sie, und ich kenne ihn besser, weil er, wie ich, ein Linkshänder ist. Sie sind überrascht? Das wussten Sie nicht? Liebe harmlose Dame. Wo sind Ihre Augen, wenn der Professor den historischen Zahlenstrahl zieht? Der Professor schreibt nur zum Schein mit der Rechten, das sieht doch ein Blinder.

Wussten Sie nicht, dass jeder Zweite, der rechts schreibt, eigentlich lieber mit links schreiben würde? Setzen Sie nicht auf die Kraft der Verwechslung! Sie wissen ja gar nicht, was das bedeutet, ein Linkshänder sein. Von der Linken zur Rechten und umgekehrt, das ist mehr als nur ein Gedankensprung, das ist eine ganze Lebensgeschichte.

Eine Geschichte, die niemand hören will. Aber wie das so ist, wenn sich Linkshänder treffen. Außenseiter unter sich. Immer ein Fest, eine kleine Verschwörung. Erst Wein, später Schnaps, ein kurzer Moment von seltener Schwäche, schon ist es zu spät, schon hat sich die Schande in Vorwurf verwandelt. Wie leicht eine Hand die andere wäscht. Und wie wenig uns diese Wäsche erleichtert, weil der Erzähler seinen Mitwisser hasst und der Mitwisser seinen Erzähler. Mitgeteiltes Leid ist doppeltes Leid, weil man hinterher überhaupt nicht mehr weiß, wohin mit der Hand, auf das rechte oder das linke Knie? Und wohin das Gesicht, wohin mit dem Mund? Ein linkes Gesicht und ein offener Mund, ein offenes Buch, viel zu leicht lesbar. Buchstaben wie nervöse Geschwister, die sich gegenseitig den Strick drehen. Eine Linkshänderkindheit aus Ehrgeiz und Kränkung.

Mit oder ohne Strick und Geschwister, am Ende kommen wir alle zu kurz, die Geschichten sind ja immer dieselben. Keiner von uns will erwachsen werden. Verwöhnte Wünsche, die Ängste der Mutter, der Schwachsinn des Vaters, die Trunksucht des Onkels, die Angst vor der nächsten Rechtschreibreform, und der unaufhaltsame Zorn des Lehrers, der die Spiegelschrift nicht entziffern kann.

Dabei ist sein Zorn völlig überflüssig, der eine schreibt so, der andere so, der eine will dies und der andere das. Aber wie bringt man seine Wünsche durchs Leben? Auch die Wünsche müssen in Ordnung kommen, in eine Ordnung, die jeder Lehrer versteht, er träumt ja auch nur vom Lagerfeuer.

Warme Feuer und runde Tische. Leider sind alle Plätze besetzt. Damen und Herren, nur damit Sie es wissen. Selbst wenn noch Plätze zu haben wären, sie wären sowieso unbezahlbar. Und selbst für den, der bezahlen kann, was würde die sinnlose Aufwendung nützen? Denn wohin wir auch rücken, nach links oder rechts, wir kommen dem Wissen trotzdem nicht näher. Weil der Lehrer ja mitrückt, immer im Kreis, und weil keiner von uns aufstehen wird, um sich endlich in unsere Mitte zu stellen und zwei gleiche Hände nach oben zu halten, die uns freisprechen könnten von dem, was wir tun. Weil uns keiner sagt, worum es hier geht.

Nämlich. Ums Ganze. Nicht um links oder rechts, sondern um oben und unten, um Himmel und Hölle. Und um die Angst vor der Sache dazwischen, die man gemeinhin DAS LEBEN nennt. Das Fegefeuer. Das kleine Feuer dazwischen, das dafür sorgt, dass es überall immer nach Rauch riecht, zitternde Flammen, nervöse Geschwister, obwohl wir von morgens bis abends mit Waschen und Bügeln beschäftigt sind.

Geliebter Spiegel, Peitsche, was tust du! Waschen und Bügeln, das bist ja du selbst! Warum erzählst du mir diese Geschichte? Damit ich dich besser sehen kann? Und was machst du dabei mit der linken Hand? Welches Stück dirigierst du, was soll ich hören? Ich will die Geschichte doch gar nicht hören. Es ist helllichter Tag, kein Wein und kein Schnaps, ich trinke Kaffee, und du trinkst Tee, weil der Kaffee dir längst auf den Magen schlägt, du bist auch nicht mehr neunzehn.

Aber er hat sich in Hitze geredet, wahrscheinlich wird er mir alles erzählen. Zur Strafe, damit ich nicht einschlafen kann, weil mich Erinnerungen bedrängen, auf die ich gar kein Anrecht habe, weil sie nicht meine eigenen sind.

Was gehen mich fremde Kindheiten an? Jungfrauenängste und die Träume der Väter, die Verzweiflung der Mütter, die Schule und die Launen der Schwestern, die großen und stärkeren Rechtshänderbrüder, der nie zu erobernde Fußballplatz, die Angst des Schützen vor dem dritten Elfmeter, das leere Tor, der verschossene Ball. Das Gelächter der grünen Siebenlinge, die Vorkosterwitze, die Schuhe des Richters und das Schweigen der Nonnen hinter dem Vorhang. Nicht zu vergessen den Bademeister, der seine Feldherrenangst mit Kommandos kaschiert, während Peitsche mit der schlagenden Linkshänderflosse unermüdlich das Wasser pflügt, um endlich wieder allein zu sein.

Jedenfalls bis der Professor den Schauplatz betritt, der das Kindergesicht eines Jungen trägt, der im Gehen die maigrüne Mütze schwenkt, mit der Linken, versteht sich. Und sofort werde ich mich zu schämen beginnen, weil ich selbst natürlich kein Linkshänder bin.

Nur, wohin mit der lachhaften Rechtshänderscham, dafür ist es zu spät, aus mir wird niemals ein Linkshänder werden. Meine Kindheit war glücklich, oder wenigstens friedlich, ich habe von jeher mit rechts geschrieben und mache folglich alles mit links. Denn niemand hat mir die Hand auf den Rücken gebunden, niemand hat mich geschlagen, niemand hat mich gezwungen, unvermutet die Richtung zu wechseln. Nur das Buch halte ich in der linken Hand und wende, entsprechend, die Seiten mit rechts, die ein Linkshänder über die Jungfrau schrieb, von der niemand weiß, wer sie wirklich ist.

Aber was sind die Bücher gegen die Welt! Jeanne. Jehanne, Johanna von Arc oder Darc oder Tarc. Hatte sie überhaupt eine Kindheit? Mutter und Vater? Brüder und Schwestern? Tanten und Onkel? Und hätte sie, falls sie geschrieben hätte, die Briefe mit links oder rechts verfasst?

Mit welcher Hand schwört man übrigens ab? Welche Hand unterzeichnet die Abschwörungsformel? Hat ihr der Bischof die Hand geführt? Oder war es nicht doch Bruder Ladvenu, weil ihn plötzlich die Angst bei der Hand nahm? Weil er, flankiert von Scham und von Schuld, die Jungfrau am liebsten gerettet hätte? Als wäre Rettung möglich gewesen! Wer einmal auf dem Schandkarren sitzt, ist für immer verloren.

Von mir aus, sagte Peitsche mit Nachsicht, Sie werden das wissen, die Expertin für Karrenritter sind schließlich Sie. Allerdings war Johanna kein Ritter, und der erste Weg auf den Scheiterhaufen ist nicht immer der letzte, was die Sache natürlich nicht leichter macht. Trotzdem. Alles wäre noch möglich gewesen, gesetzt den Fall, sie hätte gewollt. Nur dass Johanna längst nicht mehr wollte, sie dachte überhaupt nicht an Rettung, sie hatte das Schlimmste schon hinter sich und das Beste noch vor sich, die Leiter nach oben.

Übrigens wusste sie das genau, was womöglich der Grund dafür ist, dass sie lachte, als sie die Formel unterschrieb. Ein Lachen, das die Forschung bis heute beschäftigt und ernähren wird bis in Ewigkeit. Ganze Bände hat man gefüllt mit Mutmaßungen über Johannas Lachen. Ein Rätsel, unlösbar. Kämpft wie ein Mann, fällt auf die Knie und lacht sich tot über den Bettelbruder, der retten will, was nicht zu retten ist. Wahnsinn der Überlegenheit, der eine lacht, der andere nicht. Und wehe dem, der zu lachen wagt, obwohl er längst auf dem Schandkarren sitzt und den Scheiterhaufen schon brennen sieht.

Knappenprosa!, rief ich. Wieso glauben Sie, dass sie wirklich gelacht hat? Johanna hatte keinen Humor! Wahrscheinlich hat sie bloß das Gesicht verzogen, eine schöne Grimasse. Kann auch sein, sie wollte die Engländer foppen, oder den Bischof, vielleicht auch sich selbst. Um sich zu trösten, es war ja sonst keiner da. Ein kurzer Moment von Schwäche, zwischen neun und halb zehn, als sie plötzlich ihren Glauben verlor und unerwartet zu schwanken begann. Kann auch sein, dass die Stimmen nicht mehr zu ihr sprachen. Möglich auch, dass sie nichts hören wollte, weil sie der Anblick des Henkers erschreckte oder der Anblick von gestapeltem Holz, oder die Aussicht auf Helme und Mützen, deren Aufschriften sie nicht entziffern konnte.

Von Johannas Erschöpfung gar nicht zu reden. Wer übersteht schon ein Leben im Turm? Zwei gescheiterte Fluchtversuche? Den Sprung aus dem Fenster, ohne sich dabei die Knochen zu brechen? Zwanzig Meter ohne Leiter nach unten. Erstaunlich genug. Der Rest eine Ohnmacht und danach das Erwachen bei Wasser und Brot. Zu Mittag ein verfaulter Karpfen, Geschenk eines Bischofs. Das ewige Warten, das grausame Nichtstun, die kranke Geduld. Von der Langeweile zum Wahnsinn, das ist doch nur ein Gedankensprung, der quälende Spott ihrer englischen Wächter. Die Kuhmagd, die Hure.

Und jeden Tag eine andere Prüfung, aber immer dasselbe Thema von vorn. Und die Verhöre. Ewiges Stehen. Tag für Tag und Woche für Woche, Wochen, aus denen Monate wurden, Monate voller schlafloser Nächte. Ein Hund an der Kette, ohne Aussicht auf Maigrün und Licht. Und immer wieder dieselben Fragen. Woher kommen die Stimmen? Sprechen sie englisch oder französisch? Spricht Gott oder sprechen nicht dunkle Dämonen? Und ist das nicht womöglich dasselbe? In welches Gewand hüllt sich heute ein Engel? Und welche Mode bevorzugt der Teufel? Die Mütze? Den Turban? Das Kopftuch? Helm oder Krone? Womöglich die schlichte Maske des Henkers? Wer dreht uns die Nase? Was verbirgt sich unter dem Waffenrock? Ist das ein Jüngling oder bloß eine Jungfrau? Und was ist die Farbe der Saison? Grün oder Braun? Von woher kommt auf dem Laufsteg das Licht? Von rechts oder links? Und wer hat das Recht, eine Waffe zu tragen, wer führt das Schwert? Die linke oder die rechte Hand?

Rhetorische Einfalt!, rief Peitsche. Wozu diese Spiegelfechterei? Gott hat uns mit beiden Händen erschaffen, was kümmert ihn, wer womit unterschreibt. Mit rechts oder links, das ist ihm egal, auch mit welcher Hand man den Nächsten erlegt. Zum Beten danach braucht man beide Hände. Am besten beide Hände zugleich. Johanna war nämlich Beidhänderin, in der einen die Fahne, in der andern das Schwert. Eine Beidhänderin ohne Kindheit und Herz. Ganz die Schwester von Jesus, die aufsteht und geht und einfach Vater und Mutter verlässt. Wer ist meine Mutter? Wer sind meine Brüder? Und wer ist der Mann aus dem Dorf nebenan, der behauptet, ich sei ihm zur Ehe versprochen? Ich habe nicht vor, in die Ehe zu gehen, solange mir meine Stimmen sagen: REGIERE DICH SELBST.

Aber wer kann wirklich von sich behaupten, er regiere sich selbst? Kein König, kein Richter, kein Bademeister. Kein Lehrer, kein Schüler, nicht einmal der Bischof. Ein Blaubart schon gar nicht. Und erst recht kein Professor. Also. Was wird unser Professor machen, wenn er, wie Sie, plötzlich feststellen muss, dass Johanna seit jeher beidhändig schreibt und die Geschichte genauer kennt als wir, weil die Einzelheiten sie gar nicht betreffen und weil sie fast alles zum Lachen bringt?

Domrémy Nord und Domrémy Süd. Der Ostwind, der Westwind. Das Schwert und die Fahne. Das fröhliche Tauschen von Theorien. Die Kunst der Verwechslung. Heute so und morgen ganz anders, jeder schreibt ja nur das, was er hören will. Visionen gegen die Hysterie, frommes Fasten gegen die Magersucht, Depressionen statt Stimmen. Reinste Täuschung statt höchster Erkenntnis. Opfer statt Täter, womöglich aber auch umgekehrt.

Unter uns gesagt, mir ist das egal, sagte Peitsche, so oder so, mir gefällt die Geschichte, in jedem von uns schlägt ein anderes Herz, das eine verbrennt, das andere nicht. Wir werden das Rätsel vermutlich nicht lösen. Achthundertachtzig sinnlose Fragen, nur die Antwort ist immer dieselbe. Eine kurze trotzige Jungfrauenantwort, mit der man durch keine Prüfung kommt: ICH BLEIBE BEI GOTT UND BEI MEINER MEINUNG.

Ich auch, sagte ich und hob beide Hände. Und Peitsche legte die Mütze zur Seite und hielt seine beiden Hände daneben, womit er mir zu verstehen gab, dass ich jetzt die Gelegenheit hätte, die sonst immer fehlt, und dass ich einfach nur zugreifen müsste. Eine Dame, ein Herr. Ein Mai, ein Balkon. Und zwei mal zwei Hände, sagte er leise, aber wollen wir das? Sie sehen nicht aus, als ob Sie das wollen.

Geliebter Gegner! So kommen wir niemals über die Schwelle. Es ist helllichter Tag, die Sonne fällt schräg von links aufs Geländer und rückt Peitsches Gesicht ins rechte Licht. Ein Licht aus einer natürlichen Quelle, das mir zeigt, was ich heute nicht sehen will. Mein blasses Vorbild und meine Angst vor der Prüfung.

Also. Lassen wir das. Dafür fehlt uns die Zeit, wir haben

zu tun. Morgen habe ich Prüfung, und der Professor wird mich ganz sicher nicht fragen, von welcher Seite die Sonne schien, als jemand die grüne Mütze schwenkte. Er wird mich nach etwas ganz anderem fragen, vermutlich nach den zwölf Schuldartikeln, die ich noch immer nicht auswendig kann.

Peitsche ließ seine Hände sinken und griff nach dem Buch. Also gut, sagte er, ich gebe den Bischof. Und die Heilige Universität von Paris. Fangen wir an.

Damen und Herren. Hier spricht in zwölf gewichtigen Punkten die hohe Universität von Paris.

Falls ich zitieren darf, und ich zitiere: Johanna, wir werden Euch bestimmte Punkte darlegen lassen, in denen Ihr nach dem Urteil der Theologischen Fakultät und der Fakultät des Kanonischen Rechts der Universität Paris geirrt und versagt habt. Wir ermahnen und beschwören Euch, abzulassen von den Freveln und Irrtümern, Euch zu bessern und zu ändern, und Euch der Korrektur und dem Urteil unserer Heiligen Mutter, der Kirche, zu unterwerfen.

Jetzt sind Sie an der Reihe, sagte Peitsche und goss Tee nach. Fangen wir einfach von vorne an. Worum geht es im ersten Schuldartikel?

Um die Stimmen, sagte ich, um was sonst? Auch Offenbarungen genannt. Der erste Vorwurf, die erste Schuld: Verführung und Aberglaube, Täuschung der Sinne. Katharina, Margareta und Michael. Nichts als Erfindung. Gut gekleidete Stimmen des Teufels.

Richtig, sagte Peitsche. Also weiter im Text, der zweite Artikel.

Betrifft die Krone, sagte ich rasch, erkenne den König, Ihr Lieblingsspiel. Die alte Streiterei um das Zeichen, mit dem Gott Johannas Mission illustriert. Das war am Hof von Chinon. Übrigens eine sehr schöne Szene, achthundertachtzig geflügelte Engel. Und wieder der heilige Michael, der dem König die Krone überreicht.

Sind Sie sicher, dass es der König war, dem der Engel die Krone überreicht hat, fragte Peitsche lauernd.

Ich zögerte, dann sagte ich trotzig, das haben Sie mich schon gestern gefragt. Was mich betrifft, so war es der König, was dagegen Johanna betrifft, sie war sich am Ende nicht mehr ganz sicher. Trotz Kopf und Gedächtnis. Aber achthundertachtzig verwirrte Magister, die immer wieder dasselbe fragen! Da kann es schon mal zu Verwechslungen kommen. Kann auch sein, die Krone ging nicht an Karl, sondern an den Bischof von Reims. Nur ändert das nichts am Tatbestand und am Vorwurf schon gar nichts.

Die Anklage lautet auch hier auf Verführung, auf Verlogenheit und auf falsche Erfindung. Auf Heuchelei. Was allerdings weitaus schlimmer ist, Johanna hat die Würde der Engel beleidigt, sie hat sie nach Eigengeschmack kostümiert, was folglich die Ehre Gottes berührt. Denn schließlich hat Gott die Engel erschaffen, da sollte ihm keiner ins Handwerk pfuschen. In anderen Worten, was Johannas kühne Beschreibung betrifft: Verzerrung, Entstellung, Karikatur. Schönste und reinste Blasphemie.

Der Professor dürfte das besser wissen, sagte Peitsche und lachte, schließlich ist er der Krönungsexperte. Aber von mir aus. Also Punkt drei.

Punkt drei, sagte ich, betrifft wieder die Stimmen, genauer gesagt, ihren Trost und Rat, ihre regelmäßigen freundlichen Grüße, an die Johanna glaubt wie an Gott und an seinen Sohn Jesus Christus, der, falls ich zitieren darf, und ich zitiere, gestorben ist, um uns zu erlösen. Ich hielt inne. Sie sehen nicht aus, als ob Sie das glauben. Aber es ist ja erst Mai, Sie könnten Ihre Meinung noch ändern.

Peitsche schob das Visier nach unten. Ich glaube an das, was ich sehe und höre, genau wie Johanna, sagte er. Davon abgesehen führt diese Frage zu nichts, weil sie den Kern der Sache nicht trifft. Wozu sonst die Genauigkeit bei der Beschriftung der Mützen? Niemals darf man sich sicher sein, man muss immer wieder von vorn anfangen. Oder haben Sie jemals einen getroffen, der sich freiwillig festnageln lässt, auf nicht mehr als drei Buchstaben, drei Worte, drei Sätze. Womöglich auf die Dreieinigkeit? Unter uns gesagt. Wenn man die Lust am Leben verliert, ist nichts leichter, als sich ans Kreuz zu schlagen, zwischen den linken und rechten Schächer, der genau dasselbe fragt wie Sie. Die Frage ist übrigens immer dieselbe: Komme ich morgen ins Himmelreich? Nur gehört diese Frage nicht in den Hörsaal und in ein Prüfungszimmer schon gar nicht. Aber lassen wir das. Was Johannas Trost durch die Engel betrifft, worin besteht ihre dritte Schuld?

Die Anklage lautet auf Leichtgläubigkeit, sagte ich laut. Auf Irrtum im Glauben. Und was den vierten Artikel betrifft, es geht um Johannas Zukunftsprognosen, ihre dreiste Behauptung, sie wisse, was kommt, weil die Stimmen ihr jedes Geheimnis verraten. Ostwind und Westwind, welcher Mann in welchem Brunnen ertrinkt. Tatbestand und Vorwurf fallen in eins: Äußerste Anmaßung, Wahrsagerei. Nichts als eitle Großsprecherei.

Sehr richtig, sagte Peitsche. Kommen wir also zum fünften Artikel, zu Johannas Kostüm. Ein heikler Punkt, der das Tragen von Männerkleidern betrifft.

Natürlich, rief ich, die Männerkleider. Beinkleider, Wams und zu kurze Haare, blasphemische Leugnung der eigenen Natur. Eine Jungfrau, die nicht aus der Rüstung steigt, um in der Kirche den Leib des Herrn zu empfangen. Völlig undenkbar und unverzeihlich. Hier geht der Vorwurf auf Lästerung, auf Übertretung der Gottesgebote, Missachtung des Kanons, den Irrtum im Glauben. Auf Eitelkeit und Abgötterei. Selbstentweihung und Heidentum.

Ich sehe, Sie sind gut vorbereitet, sagte Peitsche und goss frischen Tee auf. Aber jetzt wird es schwierig. Der sechste Punkt betrifft nämlich die Briefe, die Johanna von oben herab diktiert und die sie beidhändig unterschreibt mit dem Zeichen des Kreuzes und mit JESUS MARIA. Und was für ein Text! Ich werde euch alle töten lassen, ihr sollt mich an meinen Schlägen erkennen!

Da hat sie den Mund etwas voll genommen, sagte ich, und das ist womöglich ein Fehler gewesen. Jedenfalls, Jesus wäre das nicht passiert. Der große Bruder weiß alles besser, er hält die andere Wange hin. Aber das mit der Wange war nicht ihre Art, sie war stürmisch und stolz, sie zog den ländlichen Schlachtruf vor, um sich im Zweifelsfall Mut zuzusprechen. Was vor keinem Gericht besteht.

Der gebündelte Vorwurf der Kommission: Blutdurst, Grausamkeit und Verrat. Verführung und Aufruhr. Volksverhetzung und Lästerung. Dabei hat sie nicht einen Mann erschlagen.

Nicht dass ich das ernsthaft beweisen könnte, aber der Vorwurf ist lächerlich. Johanna konnte doch gar kein Blut sehen! Als der erste Engländer geschlagen ins Knie geht, bricht sie in helle Tränen aus, springt vom Pferd und versucht, seine Seele zu retten. Ein englischer Kopf im Schoß einer Jungfrau, der Schrecken der Schlacht, die entsetzliche Angst vor der eigenen Absicht, und weit und breit kein Bruder in Sicht, der daran denkt, wirklich Hand anzulegen.

Das muss man sich gründlich vor Augen halten, wenn man wissen will, wer Johanna ist. Auf jede Beichte achthundert Tote. Hundert Jahre Krieg und kein Ende! Aber der Krieg war schon lange vorher da, in Domrémy Nord und in Domrémy Süd, gleich vor der Haustür.

Johannas ganze Kindheit war Krieg! Lauter Feuer, die immer zu niedrig brennen. Ganz zu schweigen von ihren Waffenbrüdern! Wo sind sie geblieben, die mit Mänteln und albernen Glocken behängt neben ihr kämpften und schlugen und stachen und die man allesamt freigekauft hat? Warum war für Johanna kein Pfennig mehr übrig? Vor welches Gericht ist La Hire gehinkt, wen hat er mit seinem Geläut bestochen? Wo ist Alençon, der Johanna liebte, dem sie das Leben gerettet hat, und mit dem sie, ganz lässig und nebenbei, immer wieder die Zeit totschlug, zwischen der einen Schlacht und der nächsten, weil Karl sich niemals entscheiden konnte. Nicht für den Frieden und nicht für den Krieg. WAFFENSTILLSTAND heißt die Devise auf der Mütze Dunois'. Aber in welchem Bett liegt Dunois, wenn die Jungfrau auf den Schandkarren steigt? Ganz zu schweigen von Gilles de Rais!

Liebe Dame, sagte Peitsche, Ihre Anteilnahme in allen Ehren, aber wir wollten doch nicht vom Blaubart sprechen, das würde der Professor uns niemals verzeihen. Der Marschall ist tot, und wir sind lebendig. Auch de Rais hat seine Mütze bekommen, versehen mit einer sehr deutlichen Aufschrift: ACHTHUNDERT KNABEN. Und, da wir schon von Erlösung sprechen, einen Karren bekam er natürlich auch. Für jeden von uns ist einer dabei. Und, falls Sie so wollen, am Ende siegt doch die Gerechtigkeit. Sie sehen nicht aus, als ob Sie das wollen, Sie verlieren sich in Parteilichkeit, und Parteilichkeit lässt der Professor nicht gelten, das wissen Sie doch so gut wie ich.

Was ich allerdings zugeben muss, die Lösegeldfrage hat doppelten Boden. Aber das müsste man etwas genauer betrachten. Denn wer hätte Johanna freikaufen sollen? Nichts leichter, als Karl den Siebten zu schmähen, weil er nichts von sich hören ließ. Aber auch Karl hatte seine Gründe, er war nicht halb so dumm, wie Sie denken. Vermutlich war auch La Trémoille im Spiel, der hungrige Geldsack. Und die höhere Kunst der Diplomatie.

Aber das ist ja egal. Johanna hatte längst ihren Zweck erfüllt, ihre kurze Geschichte war schon zu Ende, bevor der lange Prozess begann. Die Stimmen hatten ihr längst gesagt, dass die Reise jetzt langsam zu Ende geht. Also. Wozu sich an falsche Gefühle verlieren, Johanna ist keine Frau für Gefühle. Karl wusste das, und sie wusste es auch. Hätte er Blumen schicken sollen, als sie im Turm von Beaurevoir von einer Freiheit träumte, die es gar nicht mehr gab?

Von Blumen können wir morgen reden, sagte ich heftig, wenn ich die Prüfung hinter mir habe. Kommen wir lieber zum siebten Punkt, der sich auf Punkt fünf, auf die Kleider, bezieht. Beinkleid und Wams. Das hat die Magister wirklich beschäftigt. Genau wie der Verrat an den Eltern, die sie herzlos und heimlich verlassen hat. Die siebte Schuld lautet auf grobe Verletzung des dritten Gebots. Du sollst schließlich Vater und Mutter ehren.

Das ist nicht das dritte, sondern das fünfte, unterbrach mich Peitsche.

Das dritte, das fünfte oder das sechste, das ist mir egal, rief ich. Das ist ein Thema für Doktor Freud. Johanna hatte doch gar keine Kindheit, und auch keine Eltern, sondern nur einen Vater, der davon träumte, seine eigene Tochter zu ertränken, damit sie nicht zu den Soldaten geht. Arme Isabelle, armer Jacques! Arme Brüder und Schwestern! Eltern, die von ihren Kindern nichts wissen, und Kinder, von denen man trotzdem verlangt, dass sie sich an die Gebote halten. Wer ist meine Mutter? Wer sind meine Brüder? Die Antwort ist einfach: Wer nicht Vater und Mutter verlässt, wie kann der das heilige Frankreich retten?

Jetzt übertreiben Sie aber ein bisschen, sagte Peitsche und hob den Kopf. Sie reden sich ja um Kopf und Kragen, so kommen wir niemals durch diese Prüfung. Also. Höchste Zeit, eine Pause zu machen, das Verhör setzen wir lieber später fort.

Er legte entschlossen das Buch aus der Hand. Die Sonne stand tief und zeigte sein Gesicht in einem anderen Licht, in einem Licht, das ungewohnt sanft war und den Balkon in eine Dämmerung tauchte, die den Schrecken der Prüfung verschwinden ließ und verriet, dass er unendlich müde war. Eine Müdigkeit, die an Falter erinnert, die halb tot auf einer Fensterbank liegen und darauf warten, dass sie jemand erlöst, damit sie endlich einschlafen können, absichtslos, ein Teil der Natur.

Dabei weiß ich genau, dass Peitsche nicht schläft. Peitsche wacht, nur ich will längst schlafen. Der letzte Gast auf seinem Balkon, fest in die braune Decke gewickelt, während Peitsche zurück in die Küche geht, um zum sechsten Mal frischen Tee aufzugießen. Vielleicht auch zum siebten Mal oder zum achten, das ist mir egal. Mir ist schon lange nicht mehr nach Tee, mir ist nach Schnaps. Nach irgendwas, das ich trinken kann, um die ganze Geschichte herunterzuspülen, die mir irgendwie auf den Magen schlägt.

Genau. Ich will trinken! Den ersten Schnaps auf die morgige Prüfung, den zweiten auf die Schreiber und Listen, den dritten auf die Magister und Richter, die erschöpft sind wie Peitsche. Den vierten auf die zwölf Anklagepunkte, den fünften auf den gebündelten Vorwurf, den sechsten auf die ewige Schuld und den siebten auf die Erlösung davon. Den achten auf Vater und Mutter, wer immer das ist, den neunten auf Johanna und mich. Den zehnten auf die verlorene Schlacht. Und den elften PAR MON MARTIN, auf die Angst und auf den, der noch steht. Und falls irgendwer dann noch trinken kann, einen zwölften Schnaps auf den Morgen danach.

Denn am Anfang schien alles ganz leicht. Erst jetzt wird die Zunge auf einmal schwer und auf unergründliche Weise so dick, dass die Worte nicht mehr mitkommen können. Johanna brennt, und ich trinke!

Johanna wäre das nie passiert, sie trinkt nicht und würde niemals verstummen! Auf alles hatte sie eine Antwort. Sie hätte, falls ich zitieren darf, ÜBERGEHT DAS gerufen oder DAS WEISS ICH BESSER oder DAS GEHÖRT NICHT ZU EUREM PROZESS!

Na gut. Ich zitiere. Und das ohne jede Quellenangabe. Von mir aus. Genau wie Johanna. Nur bin ich betrunken, und sie ist ganz nüchtern. Streberin Gottes. Sie hat ihre Prüfung längst hinter sich und sitzt im Himmel, vermutlich rechts neben Gott und in Sicherheit, nur ich kaue immer noch grässlichen Stoff und werde ganz sicher zu stottern beginnen, spätestens bei der achten Frage. Die achte Schuld und die schwierigste Frage. Johannas Sprung aus dem Turm von Beaurevoir.

Geliebte Johanna, warum bist du gesprungen? Das haben die Stimmen dir doch verboten, denn vor Gott ist jede

Flucht ganz unmöglich. Glaubst du wirklich, dass jeder ein Recht darauf hat? Oder hat dich womöglich die Angst geführt, deine rasende tödliche Ungeduld? Weil du wusstest, du würdest nie wieder schön sein und nie wieder neunzehn? Du wolltest dir einfach das Leben nehmen, bevor sich ein anderer den Körper holt. Deinen Jungfrauenkörper aus Fleisch und Blut, gefüllt mit Wasser und Brot, ohne Titel und Absicht. Weder Ritter noch Knappe, weder Dame noch Herr. Unerreichbar und frei. Zwischen Gipfel und Abgrund.

Aber so kommt uns die Frau nicht davon. Der achte Vorwurf lautet auf Angst. Damen und Herren. Auf Angst und Verzagtheit, auf Kleinmut und Feigheit, auf Mutlosigkeit und auf reine Verzweiflung. Denn auch die Verzagtheit ist eine Sünde, womöglich sogar die schwerste von allen, höre ich den Professor rufen. Also weiter im Text. Sonst kommen wir niemals über die Schwelle. Besser, wir bringen das hinter uns, denn die letzten vier Punkte bringen nichts Neues.

Artikel neun? Johannas vermeintliche Heiligkeit. Artikel zehn? Ihr völliger Mangel an Nächstenliebe. Ruhmsucht und Ehrsucht. Artikel elf? Götzendienerei. Artikel zwölf? Die Verachtung der Mutter aller, der Kirche. Glaubst du wirklich, du stehst in der Gnade Gottes? Die Antwort der Jungfrau ist einfach und klar: Wenn ich nicht in der Gnade Gottes stehe, so möge Gott mich darein versetzen. Wenn ich darin bin, so möge Gott mich darin erhalten. Ich wäre der unglücklichste Mensch der Welt, wenn ich nicht in der Gnade Gottes stünde.

Jeanne. Jehanne. Johanna von Arc. In Frankreich auch gern La Pucelle genannt. Taktisch die Eins und strategisch gleich

Null. Trotzdem längst promoviert, und zwar summa cum laude. Aber summa summarum nur eine Mütze. Drei einfache Worte, auch von weitem gut lesbar.

Die Sonne geht unter. Höchste Zeit für den dreizehnten Schnaps, sagte Peitsche.

Zeugen

Ein Morgen danach. Zwischen acht und halb neun.

Große Stille im Nebenzimmer. Leises Rascheln auf einem Balkon. Der Wind, der die Seiten des Buches wendet, das ein Linkshänder über die Jungfrau schrieb und das ich mir in die Tasche steckte, bevor ich die Wohnungstür hinter mir zuwarf. Mit einem heftigen Schwung, der mir einreden soll, ich könnte heute alles bestehen.

Ein Morgenversuch der Erinnerung. In Wahrheit ist mein Kopf schwer wie Blei, von meinem Magen zu schweigen. Gleichfalls aus Blei. Meine Füße sind Blei, meine Hände sind Blei, die linke Hand und erst recht meine rechte. Das kommt davon, wenn man nachts nur mit rechts krönt. Aber ich kann nicht anders, das ist meine Art. Die Erinnerung an eine glückliche Kindheit, die die Nacht nicht vom kommenden Morgen trennt.

Aber jetzt bin ich draußen. Ein Mai aus Blei. Dabei ist der Himmel ganz wolkenlos, ein blauer Himmel, und eine Stadt voller artiger Morgenritter, maigrüne Ritter auf Fahrrädern, die alle so tun, als hätten sie Urlaub.

Auch die Beisitzer kamen in Grün, nur der Professor war weiß und gebügelt. Im Prüfungszimmer roch es nach Rauch. Brave Schreiber! Der eine saß rechts, der andere links. Der erste Prüfling am Morgen bringt Glück, rief der eine. Ein früher Vogel, der Würmer fängt, setzte der andere erläuternd hinzu, wobei er versuchte, mir zuzuzwinkern. Aber ich habe nicht vor zu erröten. Zwinkernde Männer ertrage ich schlecht. Ich trage zwar Rot, aber nur zum Schein. So oder so, lieber Wasser und Brot, faule Karpfen und Würmer, als das Lächeln der Beisitzer, die ich beide sehr gut aus dem Hörsaal kenne, weil sie nicht aufhören mitzuschreiben, egal, was unser Professor sagt.

Sie schreiben immer, ununterbrochen, selbst wenn der Professor zu stottern beginnt oder plötzlich einfach zu sprechen aufhört, um seiner Stimme nachzulauschen. Weiß der Teufel, womit sie die Seiten füllen, um meinen Professor glücklich zu machen. Vielleicht schreiben sie einfach die Stille ab, in die sich die meisten Hörsäle hüllen, jedenfalls morgens zwischen neun und halb zehn.

Auch das eine Kunst, die ich nicht beherrsche. Denn wie schwer ist es, diese Stille zu fassen, die aus nichts als gesenkten Köpfen besteht und aus dem leisen Kratzen der Federn oder aus dem Geräusch, das ich dafür halte, denn natürlich schreibt hier keiner mit Federn. Aber womit wir auch schreiben, wir kommen der Sache nicht näher. Auch wenn wir bis an unser Ende schreiben, um mit dabei gewesen zu sein, wir werden es doch nicht zu Zeugen bringen, weil wir nicht schreiben, was wir sehen. Wir sehen ja nichts, und wir hören nichts, also müssen wir schreiben, was alle schreiben. Was man so sagt, und was man so hört. Und das durchaus nicht in böser Absicht, sondern um den Professor glücklich zu machen, der alles sehen und hören kann.

Deshalb ist er auch unberechenbar, so wie unsere Anstrengung sinnlos ist, ihn irgendwann doch noch glücklich zu machen. Der Professor will gar nicht glücklich sein, ihm ist egal, ob wir für oder gegen ihn sind. Dafür, dagegen, darauf kommt es nicht an. Es kommt darauf an, dass wir da sind, und zwar jederzeit. Dass wir denselben Zug besteigen und auf dieselbe Landschaft starren und dass wir hoch und heilig versprechen, diesmal bestimmt nicht auszusteigen, bevor wir nicht wirklich in Reims sind.

Das weiß der Professor, und ich weiß das auch. Nur die Beisitzer wissen das nicht, weil sie immer nur bis zum Bahnsteig kommen, ohne jemals selbst den Zug zu besteigen.

Wozu auch? Auch auf Bahnhöfen passieren schreckliche Dinge, und wie leicht verliert man den Überblick, noch bevor man den Bahnsteig erreichen kann. Gestohlene Koffer, gelbe Taschentücher beim Winken, Feindschaft statt Einfalt. Fehlende Blumen, ein falscher Empfänger, eine falsche Hoffnung, eine Verwechslung. Selbst auf Uniformen ist kein Verlass, weil der Schaffner nicht dafür bezahlt wird, dass er gute Stimmung verbreitet, sondern stattdessen auf Tafeln zeigt oder einfach in die erstbeste Richtung, die nicht unbedingt immer die richtige ist.

Ein Blick auf die Tafel, schon beginnt man zu zögern. Wohin wollten wir fahren? Wollten wir wirklich heute verreisen? Oder lautet das Ticket womöglich auf morgen? Oder war das schon gestern? Dann ist natürlich alles zu spät. Und wo ist übrigens dieses Ticket? In der linken oder der rechten Tasche? Im Reißverschlussfach oder in der Jacke? Oder zu Hause? Und falls zu Hause, auf welchem Tisch? Auf dem Küchen- oder dem Wohnzimmertisch?

Was insgesamt völlig gleichgültig ist, für den Fall, dass die Reise schon gestern war. Dann hätte die Reise stattgefunden, ohne sich ereignet zu haben, das heißt, sie hätte sich trotzdem ereignet, nur wäre ich nicht mit dabei gewesen. Denn ich bin nicht am Bahnhof, sondern stehe vor einer niedrigen Tür, deren Rahmen man himmelwärts ausschlagen müsste, um mit aufrechtem Kopf hindurchzugehen. Eine Tür mit der deutlichen Aufschrift: HIER WIRD GEPRÜFT.

Die Tür und die Stille. Der eigene Atem. Der Blick auf die Uhr. Die schweißnassen Hände. Die Angst vor dem Klopfen. Finger aus Blei. Womöglich fallen die Finger ab, bevor sie die niedrige Klinke erreichen. Plötzlich von drinnen leises Gelächter. Das Rücken von Stühlen. Kurze Schritte. Dann wieder Gelächter.

Ich drehte mich um. Kein Zweifel möglich, man lacht über mich. Ist ja sonst keiner da. Der Flur ist leer, nur irgendwo hinten schlägt eine Tür. Ich möchte gehen. Aber ich kann nicht gehen, ich bin nicht mehr neunzehn. Ich bin so gut wie schon halb promoviert, zum ganzen Titel fehlt nur noch ein Klopfen. Schon wäre ich drinnen und hätte das Schlimmste hinter mir.

Nicht die Prüfung ist schrecklich, schrecklich ist nur die Prüfung davor. Die Nacht davor und der Morgen davor. Das Rücken der Stühle und das Warten auf die eigene Angst, auf die Angst des Schützen, die mich irgendwann bei der Hand nehmen wird. Also. Ich hebe die Hand, spitze den Knöchel und gebe damit ein deutliches Zeichen. Danach reine Höflichkeit, kurzes Warten. Und schließlich ein deutliches zweites Zeichen. Erneutes Klopfen. Dann einfach die Klinke hinunterdrücken. Und sehen, was kommt.

Ich stand auf der Schwelle. Kommen Sie rein, rief der Professor, der mit dem Rücken zu mir vor dem Fenster saß. Erst als ich die Tür schloss, drehte er sich zu mir herum und wies mit der rechten Hand auf den Stuhl, der gegenüber dem Schreibtisch stand. Auch die Beisitzer streckten die Hände aus und deuteten auf denselben Stuhl. Vielleicht wollten sie mir damit Mut zusprechen. Ein Prüfungsstuhl und drei rechte Hände, ein deutlicher Zeigefinger mal drei. Ich setzte mich hin.

Ein Stuhl aus Blei. Ein Kopf aus Blei. Eine Zunge wie Hefe, die allmählich den ganzen Mund ausfüllt und sehr wenig Platz zum Sprechen lässt. Wozu reden, wir können ja schweigen. Johanna spricht, und ich schweige. Mehr ist dazu ohnehin nicht zu sagen. Eine Tatsache, die sich kaum leugnen lässt.

Und das Wenige, was ich sagen wollte, habe ich unterwegs vergessen. Als wäre die Prüfung schon gestern gewesen, oder erst morgen. Ich bin gar nicht da. Ich bin nicht gekommen, mein Stuhl ist leer. Ich habe dieses Zimmer niemals betreten. Übrigens ein sehr kleines Zimmer, erstaunlich klein für einen Professor, der vorgibt, ein Krönungsexperte zu sein.

Was mich mehr erstaunt: Überhaupt keine Bücher. Vielleicht ist der Professor ja gar kein Professor? Womöglich tut er nur so, oder ich tue so, oder wir beide tun so. Wir tun beide nichts. Wir sitzen nur da und warten darauf, dass einer von uns zu sprechen beginnt. Aber keiner spricht. Der Professor schweigt, und ich schweige auch. Johanna brennt, und ich liege im Nebenzimmer und tauche nach Kronen, während der Professor mit einem Bleistift spielt und den Kopf längst wieder zur Seite gedreht hat. Zum Fenster hinüber, wo überhaupt nichts zu sehen ist.

Nur die Beisitzer sind hellwach. Und schreiben. Eine fröhliche doppelte Kinderhandschrift aus Ehrgeiz und Eifer, kleine eng aneinander gedrängte Buchstaben, mit denen sie Seite um Seite füllen. Beim heiligen Martin, was schreiben sie auf?

Wahrscheinlich notieren sie unser Schweigen, das sich

langsam bis zur Decke hin ausdehnt und das zusehends größer und größer wird, bis der ganze Raum sich mit Schweigen füllt. Ein Schweigen aus Blei. Und je länger wir schweigen, desto schneller müssen die Schreiber schreiben, weil sich der unausgesprochene Text nur mit äußerster Mühe bewältigen lässt.

Alles, was wir uns sagen wollten, und was wir uns niemals sagen konnten. Silben, aus denen Wörter wurden, und Wörter, die nachher zu Sätzen wurden, und aus den Sätzen sind Texte geworden und aus den Texten am Ende ein Buch, ein ganzer Roman. Wozu sprechen, wir können ja lesen. Wir träumen ja alle vom großen Roman. Wozu sonst sind die Schreiber da? Wozu also diese mündliche Prüfung, bei der ich nur wiederholen würde, was der Professor und ich längst wissen.

Nur die Schreiber geben sich niemals zufrieden, denn die Schreiber verfolgen höhere Ziele. Berufsziel: Zeuge. Sie wollen auf ihre Kosten kommen, und sie werden auf ihre Kosten kommen. Sie werden für immer und ewig dabei sein und sich die Zungen nicht schmutzig machen, sondern nur die Finger, sie schreiben nur mit. Sie werden dabei gewesen sein, wenn der Professor die erste Frage stellt und mich damit aufs Kreuz legt. Und selbst wenn er keine Frage stellt und es vorzieht, mich schweigend aufs Kreuz zu legen, werden die Schreiber mit von der Partie sein.

Denn als ich auf ihre Hände blickte, verschnittene Nägel und gierige Finger, mit denen sie in rasender Eile unaufhörlich die Zeilen füllten, wurde mir klar, wie verliebt sie waren. In sich selbst und die Stille und in das eisige Schweigen, das nur mir und meinem Professor gehört. Eine Erinnerung, auf die sie kein Anrecht haben und nach der sie schamlos die Hände ausstrecken, weil es endlos viel Platz für Mutmaßung lässt.

Lauter Mutmaßungen über das Schweigen. Über den Blick auf mein Kleid, über das Hemd des Professors, über die Enge und über den Rauch und über den dreizehnten Blick aus dem Fenster, hinter dem man nichts sieht. Aber das macht nichts, sie sehen auch drinnen genug.

Stoff für endlose Randnotizen, für die kleinen Nebensachen des Lebens, die am Ende immer die Hauptsachen sind. Das Wichtigste steht ja immer am Rand, die kleinen Gesten, das leise Husten, mein Wunsch nach Nüssen und nach einem Helm und mein Suchen nach einem Taschentuch, mit dem ich meine Hände trocknen könnte, die kalt und schweißnass sind und die ich, weil ich das Tuch nicht finde, verlegen unter die Beine schiebe, wo sie weder trocken noch wärmer werden.

Auf einmal hörte ich eine Stimme. Vielleicht war es auch nur der Schatten der Stimme, der flüchtig von links nach rechts durch das Bild läuft. Leise Stimme, schnelle Zunge, biegsamer Gang. Und plötzlich wurde es hell im Zimmer, als hätte mir jemand ein Licht aufgesteckt, das sich ganz aus natürlicher Quelle speist und die Hände der Schreiber verschwinden lässt, weil sie unvermutet ins Stocken gerieten.

Willst du dich wirklich lächerlich machen, so kommst du doch niemals über die Schwelle. Du musst ganz einfach den Mund aufmachen und etwas sagen. Das Gesetz des Verhörs, wer zögert, verliert. Du musst irgendwas sagen, bevor er die erste Frage stellt. Was immer du sagst, und was immer er von dir hören will, er will, dass du sprichst, das ist alles. Atemholen. Ein Pfiff durch die Zähne. Also. Lauf!

Ich holte meine Hände hervor, sah auf die Uhr und setzte mich gerade. Das war im Mai. Im Jahr Vierzehndreieins. Ein historischer Tag, weil ich endlich beschließe, mich für immer vom Stottern zu trennen und zu sagen, was ich jetzt sagen will. Ohne Quellenangabe.

Verehrte Herren, sagte ich laut. Wie Sie sich sicher denken können, meine Lieblingsaufschrift lautet VERRAT. Ich habe Magister Loiseleur mitgebracht. Den berühmten Nicolas Loiseleur, den ersten Vertrauensmann von Pierre Cauchon, des ehrbaren Bischofs Cauchon von Beauvais, der den besagten bekannten Prozess führt, von dem heute früh nicht die Rede sein soll, weil Sie das in- und auswendig kennen, die Schuldartikel sind Ihnen bekannt. Dazu ist weiterhin nichts zu sagen.

Dagegen Loiseleur. Eine kurze Geschichte, aber ertragreich. Wirft ein besonderes Licht auf die Forschung, die den Mann allzu oft vernachlässigt hat. Von ein paar Ausnahmen abgesehen. Aber was für ein Mann! Der Einzige, der auf den Karren springt, als man Johanna zum Richtplatz führt. Achtzig oder achthundert englische Soldaten, das muss man sich immer vor Augen führen, wenn man wissen will, wer dieser Magister ist.

Denn Soldaten sind keine Kleinigkeit. Man fürchtet sie, also muss man sie füttern. Obenauf die Getränke. Danach die Betten. Eine Kuhmagd, die Hure. Ein tiefer traumloser englischer Schlaf. Und am Morgen danach der rasende heftige Wunsch nach Vergeltung und Rache. Der Wunsch, die Hexe sterben zu sehen, bis der Scheiterhaufen herunterbrennt und sich langsam zurückverwandelt in das, was er ist: Nur eine Frau.

Wie allerdings Loiseleur es geschafft hat, in letzter Minute davonzukommen, englisch umzingelt zwischen neun und halb zehn, das bleibt mir ein Rätsel. Aber ist der Magister tatsächlich entkommen? Wie hätte es Warwick gelingen sollen, Loiseleur vor dem englischen Zorn zu retten, als der Magister vor seiner Tat erschrak und plötzlich wieder abspringen wollte, weil die Hitze ihm in die Wangen stieg oder weil er das Feuer der Hölle sah und Johanna ihn gar nicht mehr hören konnte?

Johanna brennt, und Loiseleur fleht um Gnade! Das muss man sich immer vor Augen halten, um diesen englischen Zorn zu begreifen. Von Gott ganz zu schweigen, eine Flucht ist unmöglich. Natürlich, auch möglich, dass Warwick wusste, wie man im Notfall Tarnkappen faltet und heimlich Mütze und Kappe vertauscht, um unbemerkt außer Landes zu kommen. Weil Warwick selber den Aufruhr nicht wollte, weil er sich auch am dreißigsten Mai immer noch wünschte, Johanna wäre Engländerin.

Nur, Johanna war keine Engländerin. Was übrigens nichts zur Sache tut. Englisch, französisch, das spielt keine Rolle. Johanna war schließlich die Tochter Gottes. Und hätte Gott sie englisch besetzt, dann hätte sie für England gekämpft. Man hätte sie auf Englisch verhört, man hätte sie fair und englisch verurteilt und hätte sie in England verbrannt. Flankiert von achthundertachtzig Soldaten, die sie laut und deutlich französisch verfluchten, als sie endlich die Leiter bestieg. Voilà! GODON! Die Jungfrau soll brennen!

Große Stille im Prüfungszimmer. Die Beisitzer hielten die Stifte nach oben und starrten mich an. Als hätte sie plötzlich die Angst gepackt, nicht meine, sondern ihre eigene Angst, nämlich dass sie selber durchfallen werden, weil sie den Faden verloren haben und nicht wissen, wie man nach Bällen springt, die selbst ein Hund aus dem Blick verliert, weil sie manchmal zu hoch in den Himmel fliegen. Sie starren, sie stutzen, sie laufen im Kreis, weil sie das einfache Spiel nicht kennen.

Der Professor allerdings kennt dieses Spiel, denn wir kennen uns gut. Er weiß genau, wie genau ich weiß, dass ich nicht die Erste bin, die versucht, ihn zu foppen. Weshalb er auch nicht errötete, als er sich jetzt vom Stuhl erhob und hinüber zum Fenster ging, um es zu öffnen. Er hielt ganz nebenbei den Kopf aus dem Fenster und wedelte sich ein bisschen Luft zu, bevor er das Fenster wieder schloss, sich umdrehte und dann zurück zum Tisch ging. Nicht zum Stuhl, sondern nach vorn auf die andere Seite. Auf meine Seite, direkt vor mich hin. Er setzte sich auf die Kante des Tisches. Es roch nach Rauch.

Das alles ist wirklich hochinteressant, sagte er. Aber falls ich noch einmal nachfragen darf: Für den Fall Ihrer englischen Variante, gesetzt also, Gott hätte englisch besetzt, also Joan statt Jeanne, was wäre dann aus Loiseleur geworden?

Spione sprechen alle Sprachen, sagte ich rasch, sie wechseln Namen wie Farben. Mal Grün, mal Rot, mal Blau und mal Braun. Weiß eher selten. Loiseleur hieße John, von mir aus auch James. Oder Charles. Oder Henry. Wer kann das schon wissen, die Wahl der Namen überlasse ich Ihnen. Interessant ist doch nur die letzte Frage, also die, die sein schlechtes Gewissen betrifft. Die dreizehnte Schuld. Erst der Sprung auf den Karren und dann trotzdem die Flucht, bevor man das letzte Feuer entfacht. Und ob er die englische Tarnkappe trug, und ob sie ihn wirklich nach Basel brachte, wohin er angeblich entkommen ist. Woran ich nicht glaube, denn wer einmal auf dem Schandkarren sitzt, ist für immer verloren.

Kann auch sein, er ist in der Seine verschwunden, weil sein Herz ihn nicht über den Fluss bringen konnte. Und das nicht, weil er nicht schwimmen konnte, sondern weil sein Herz ihn nach unten zog, als er nach Resten und Zeichen tauchte, nach irgendwas, das die Geschichte erklärt und das ihn hätte erlösen können. Und wahrscheinlich ist er auch fündig geworden, schon auf halber Strecke nach unten, weil Johannas Herz leicht zu finden war, das menschliche Herz schwimmt ja meistens weit oben. Nur dass er nicht wieder auftauchen konnte, denn sein eigenes Herz war schwer wie Blei und hielt ihn für immer im Flussbett fest.

Ich holte Luft. Die Beisitzer verzogen keine Miene. Nur der Professor fing an zu lachen. Er hörte gar nicht mehr auf zu lachen. Dann sprang er wie ein Junge vom Tisch.

Das ist wirklich eine sehr schöne Geschichte, rief er. Das hat Ihnen sicher der Doktor erzählt. Der Ökonom, unser Herzspezialist. Der brave Doktor! Eine richtige schöne Frauengeschichte, eine Herzensangelegenheit. Ein Mann, eine Frau. Ein Spion, eine Hexe. Ein Fluss und zwei Herzen. Zwei Herzen, die sich im Tod wieder finden. Erlösung durch Tod. Verzeihung durch Nachsicht.

Liebe Dame! Wissen Sie, wie das die Wissenschaft nennt? Sie sehen nicht aus, als ob Sie das wissen, und das, unter uns, ist auch besser so. Tatsächlich, Sie sollten Romane schreiben, mir scheint, Sie haben das Zeug dazu, Einbildungs- und Empfindungskraft. Sinn für die Szene, für Pomp und Posaune. Für Reiter und Ross. Das so genannte Naturtalent, eine schöne und blühende Phantasie. Sinn für Farben und Stimmen. Für die richtige Stimmung, für Atmosphäre. Sinn für Symbole, auch wenn sie schon etwas abgenutzt sind. Das heißt Sinn für das Volk. Sie lieben das Einfache, kann das sein?

Er schob seine Hemdmanschette nach oben und sah auf die Uhr. Wie leid es mir tut, dass die Zeit so drängt, sagte er laut und warf einen Blick auf die beiden Schreiber. Sonst könnten wir drei, die beiden Herren und ich, uns noch länger an Ihrem Einfall erfreuen. An dieser schönen Geschichte vom Doppelherz, das am Ende doch noch auftauchen wird. Damit wir zu glücklichen Lesern werden, wenn wir am Ende erfahren dürfen, dass Johanna gar nicht gestorben ist, und, falls doch, dass sie gleich wieder aufstand, schon am Morgen danach, als Loiseleur ihr Herz aus der Seine fischte.

Und wie geht die ganze Geschichte aus? Wie alle Geschichten, sagte er lachend. Sie sind zusammen nach Basel geritten. Seite an Seite. Der Spion und die Jungfrau. Ein schönes Land. Die herrliche Schweiz, der neutrale Boden. Aber vergessen Sie eins nicht. Der Verrat bleibt an seinem Verräter hängen. Das nennt man Treue. Wohin immer Sie reiten, wohin immer Sie nachher zu fliehen versuchen, die wahre Geschichte dreht keiner zurück. Womit ich durchaus nicht die große meine, sondern die kleine. Eine Geschichte, die immer die eigene ist.

Natürlich, rief ich, willkommen in Basel! Willkommen Johanna im Turm von Beaurevoir! Und hundert Jahre Schlaflosigkeit als Strafe für den, der heimlich eine Jungfrau beschleicht und versucht, sie mit Stimmen der Heimat zu täuschen, der Vogelfänger vom Feenbaum, der armagnacische Schuster, der von mir aus auch ein Engländer war. Das ist mir egal, ihr seid alle gleich. Gebt nachts den Landsmann und morgens den Priester, der der Jungfrau statt Wasser und Brot den Leib Christi verspricht und sie nachher trotzdem verhungern lässt, ohne Beichte und Beistand!

Von mir aus, rief der Professor lachend, nur, wem schmeckt der Leib Christi? Fragen Sie das mal Ihren Doktor. Dann wird ihn das nackte Entsetzen packen. Genau wie Loiseleur. Warum ist er auf diesen Karren gesprungen? Warum ist er nicht einfach stehen geblieben, hat die Hände gefaltet, dem Kreuz zugenickt und hat sich, wie jeder Durchschnittszeuge, darüber gefreut, dass Johanna endlich in Rauch aufgeht und uns von dieser Geschichte erlöst, die uns viel zu viel Zeit gekostet hat und die wir jetzt zu den Akten legen.

Denn draußen ist Mai, und Jungfrauen stehen vor den Fenstern, die man wohl kaum überreden muss, in den erstbesten Zug zu steigen, die Koffer sind seit gestern gepackt. Obenauf das Ticket, Reservierung für ein Zimmer im Turm, ein Zimmer mit Aussicht, die Schweiz oder Frankreich, ganz wie Sie wollen. Es rufen die Berge, es wartet das Meer, man sieht es von weitem.

Und von draußen klopft jemand gegen die Tür. In der Tür eine Dame. Herr Professor, Sie werden dringend verlangt! Der Professor nahm seine Jacke vom Stuhl und verließ das Zimmer. Auf der Schwelle drehte er sich kurz um. Es dauert nicht lange, sagte er, ich bin gleich wieder da.

Meine Herren, sagte ich, höchste Zeit für den kleinen Kaffee danach. Möchten Sie Kaffee? Sie sehen so aus, als ob Sie das möchten, und falls keinen Kaffee, von mir aus auch Tee. Ich lade Sie ein. Ich würde ihn sogar selber holen, aber das sähe nach Flucht aus, und ich habe nicht die Absicht zu fliehen. Ich bleibe hier. Ich bleibe sitzen. Für immer und ewig. Bis das Urteil von oben gefällt ist. Und das kann dauern. Weil sich das Urteil viel Zeit mit uns lässt, wie wir mit dem Urteil.

Aber meine Vorsicht war vollkommen überflüssig, denn sobald sich die Tür geschlossen hatte und der Professor verschwunden war, waren die Schreiber wie ausgewechselt. Als hätten sie eine Last verloren, an die uns nichts als Gewohnheit bindet, Feigheit, Manieren und Höflichkeit. Sie rissen sich sogar die Mützen vom Kopf, auf denen in steilen Buchstaben stand: WIR SIND DABEI.

Kaffee, riefen sie aus einem Mund, und ich zog sofort einen Schein aus der Tasche. Kurzes Zögern, das Wechseln von Blicken, sie schienen sich nicht ganz sicher zu sein, ob sie die Einladung annehmen sollten. Glauben Sie etwa, ich will Sie bestechen, rief ich, wer redet von Geld, wenn er in guter Gesellschaft sein darf, also nehmen Sie schon. Worauf der eine entschlossen nach meinem Schein griff und wedelnd damit durch die Tür verschwand.

Der andere setzte sich auf den Tisch. Er war rot im Gesicht. Es war klar, dass er mich etwas fragen wollte und dass irgendetwas ihn davon abhielt. Wie die Nuss, die sich selber nicht knacken kann und darauf wartet, dass es ein anderer tut.

Liebe Nuss. Es gibt überhaupt keinen Grund zu erröten, nur frühe Vögel fangen den Wurm. Also. Was soll der Aufwand, heraus mit der Sprache. Wir vergeuden hier doch bloß unsere Zeit, der Professor kann jeden Moment wieder da sein.

Er neigte den Kopf und schob ihn nach vorn, wobei er seinen Hals in die Länge zog, wie ein Geier, der sein Opfer genau in Augenschein nimmt. Nur ist es in Wahrheit ja umgekehrt. Er ist das Opfer, und ich bin der Täter, ich bin der Vogel, und er ist der Wurm. Ich sah das genau, nämlich an seinen Händen, mit denen er gar nicht zugreifen konnte. Stattdessen hielt er die Mütze umklammert, bis er sie schließlich zusammenknüllte und erleichtert in den Papierkorb warf, der neben dem Tisch des Professors stand und leer war.

Die Frage ist einfach, sagte er leise, weil die Frage ja immer dieselbe ist. Ich meine, glauben Sie wirklich daran? Ich meine nicht die Geschichte vom Herz, nicht den Karren und auch nicht die Reise nach Basel. Ich meine das Ganze. Die gesamte Strecke. Den Weg von Domrémy bis Rouen. Ich meine die Jungfrau. Glauben Sie wirklich, dass es sie gab?

Jetzt ist es heraus. Der Mann hat gestanden. Und das ganz ohne Aufwand und Kraft, im ersten Anlauf und mühelos. Und ohne die Instrumente zu sehen! Wie sehr das dem Bischof gefallen hätte, Johanna wäre das nicht passiert! So schnell kommen Zungen unter die Räder, sobald die Hand nicht mehr mitschreiben darf.

Ich lachte. Ist das alles, was Sie mich fragen wollen, sagte ich. Ob es sie gab? Natürlich hat es die Jungfrau gegeben, das wissen Sie doch viel besser als ich, auch wenn es sie nicht sehr lange gab, jedenfalls wesentlich kürzer als Sie. Denn so wie es aussieht, sind Sie auch nicht mehr neunzehn. Woran man nur sieht, dass Zeit nichts bedeutet. Auf ein paar Jahrhunderte kommt es nicht an. Johanna brennt, und Sie schreiben bloß mit. Aber kommen wir deshalb besser voran?

Kann natürlich auch sein, dass ich mich täusche, ich täusche mich oft. Aber ich habe einen Blick für Gesichter, das dürfen Sie glauben, falls Sie an irgendwas glauben können. Sie sehen nicht aus, als ob Sie das können. Aber das macht nichts, denn mein Blick sagt mir deutlich, dass Sie weit über dreißig sind und dass ich Sie neulich gesehen habe.

Erst am Abend davor, dann am Morgen danach. Erinnern Sie sich? Sie trugen ein braunes Hundekostüm. Etwas fadenscheinig, aber es stand Ihnen gut. Und Sie waren sehr fröhlich, Sie sind sogar nach Stöckchen gesprungen. Ganz im Gegensatz zu Ihrem Kollegen, der nur einen von sieben Königen gab.

Übrigens alle sieben in Grün. Ein Tanz in den Mai. Ein kleiner Balkon und ein lachhafter Grill, den die fröstelnden Gäste umstanden, als wären zehn Würste ein Lagerfeuer. Keiner wollte den Platz aufgeben. Nicht einmal, als der Professor erschien, weil alle schon viel zu betrunken waren, um auf höfliche Weise die Plätze zu wechseln. Dabei wäre er gern mit dabei gewesen, aber man hat ihn wieder nach Hause geschickt. Tatsächlich. Er ist einfach nicht über die Schwelle gekommen, zur Strafe, weil er nicht kostümiert war, sondern nichts als ein weißes Hemd trug, er war mit Abstand am besten gekleidet. Ich weiß das genau, ich war ja dabei.

Danach wurden übrigens Lieder gesungen und ziemlich schlechte Witze erzählt. Und Gabeln unter die Asche geschoben. Auf der Suche nach Resten, nach irgendwas, das uns daran erinnert, dass wir noch unter den Lebenden sind und morgen wieder im Hörsaal sitzen, wenn der Professor nach Krönungen fragt. Nach Waffenstillstandsverträgen um Vierzehndreieins. Aber ein Fest ist ein Fest. Wir haben die Scherben längst weggefegt, und ich erzähle nichts weiter. Versprochen. Das Fest hat so gut wie nicht stattgefunden. Keine Spur mehr. Alles verschwunden.

Das ist keine Antwort auf meine Frage, sagte der erste Beisitzer scharf. Ich habe Sie nicht nach Festen gefragt, ich habe Sie nach Johanna gefragt. Also. Gab es sie, oder gab es sie nicht? Was mich betrifft, so habe ich Zweifel, irgendwie geht die Rechnung nicht auf. Eine Jungfrau vom Land, die den Marschall gibt und so tut, als könnte sie Heere anführen? Wer hat ihr das Reiten beigebracht? Wer gab ihr die Sprache für diesen Befehl? Wer gab ihr die Unverschämtheit zu siegen? Woher der Geschmack für den blauen Mantel? So ziehen sich doch nur Könige an. Und woher die Antwort auf achthundert Fragen? Die zum Schein ins Naive gebrachte Scholastik, die spitze und findige Schlagfertigkeit, die Dreistigkeit und die Furchtlosigkeit. So redet doch keiner, der nicht bei Verstand ist. Und wer ist bei Verstand, wenn er weiß, dass er morgen vielleicht schon brennen muss?

Das ist kein Bauernmädchen gewesen. Das war eine Frau von Stand und Rang. Eine Frau mit Königsblut in den Adern, die nur zum Schein die Schäferin gibt. Ein zweites Gesicht. Ein Kostümfest der ganz besonderen Sorte. Sind Ihnen niemals Zweifel gekommen? Ob Johanna wirklich Johanna war, oder nicht eine ganz andere Dame?

Wen hat man verbrannt, wer hat überlebt, wer kann das schon wissen? Johanna gibt es wie Sand am Meer. Denn irgendeine kommt immer vorbei, die behauptet, eine Jungfrau zu sein, die man leichthändig wegfängt und nachher auf den Markt von Rouen stellt, wo man Frauen rund um die Uhr verbrennt, da kommt es auf eine Jungfrau nicht an. Falls Sie wissen, was ich meine.

Lieber Detektiv, ich weiß genau, was du meinst. Du meinst nur, was alle anderen meinen, die alte Theorie der Verschwörung, die Religion für den, der an sonst nichts glaubt. Den berühmten Hintergedanken, den alten Trick mit dem doppelten Boden. Die achthundertachtzigste

Doppelgängerin. Johanna im Bündel! Er meint das Labor und den letzten Test, die eroberten Knochen, den fröhlichen Fetischismus der Wissenschaft, das jüngste Ergebnis der Archäologie, den Beweis aus der Asche, der leider selten der beste ist, weil er sich morgen früh schon in Luft auflöst, sobald man ihn freundlich ins Tageslicht rückt.

Reinster und schönster Journalismus! Ein eifriges braunes Hundekostüm mit dem Wunsch nach Belohnung, das nach den Knochen der Jungfrau gräbt, die uns immer noch weismachen sollen, dass Johanna eine ganz andere ist. Wir sind also da, wo wir immer sind: Auf dem Jahrmarkt, der Kirmes, beim Fasching. Und am dreißigsten Mai ist der Weltuntergang. Von mir aus. Ich habe auch Ende Mai noch zu tun.

Johanna, Rose von Domrémy! Lieblingsrose historischer Gärtner! Eine Blume, die jeder im Knopfloch trägt und ganz nach Geschmack seinen Zwecken zuführt, weil sie auf jedem Schlachtfeld blüht. Gestern links außen und morgen weit rechts. Dazwischen ein kurzes Jungfrauenatmen, rastlos und unverwechselbar. Also, lieber Gärtner, leg dich jetzt schlafen, und gib endlich auf. Von der Revolution zu Napoleon, das ist ja nur ein Gedankensprung. Denn am Morgen danach sitzen wir wieder vorn, auf den Dächern der Universität von Paris, um den Text ganz leichthändig umzuschreiben, damit jeder von uns endlich sagen darf, an welche Rose er glaubt.

Der erste stellt sie aufs Fensterbrett, der zweite steckt ihr täglich ein Licht auf, der dritte geht eifrig vor ihr ins Knie, aber nur morgens von neun bis halb zehn, denn allzu viel Verehrung bringt Unglück. Der vierte schnitzt sie in dunkles Holz, der fünfte bläst sie heimlich in Glas, ein Flaschengeist, der nur nachts zu uns spricht, wenn irgendjemand im Nebenzimmer endlich die dreizehnte Flasche entkorkt. Der sechste färbt ihr die Haare blond, der siebte versieht sie mit sehr langen Beinen, der achte reißt ihr den Helm vom Kopf, weil er den Lärm der Schlacht nicht erträgt, denn der Lärm ist beträchtlich. Der neunte setzt ihr die Mütze auf, weil er plötzlich glaubt, eine Schrift zu entziffern, die vor ihm keiner entziffert hat. Der zehnte baut Krone samt Heiligenschein, und der elfte filmt sie von hinten bis vorn, das große Format, damit endlich jeder die Jungfrau erkennt, den hysterischen Engel zwischen fluchenden Söldnern, zwischen Ehrgeiz und Angst.

Also. Vergessen wir einfach die Ungeduld und das sinnlose Warten auf Wahrheit. Achthundertachtzig verwirrte Stimmen. So oder so, die Geschichte fällt durch. Denn der zwölfte setzt sich entschlossen zu Tisch und schreibt eine Oper. Ziemlich schlechte Musik, der bärtige Chor der Waffenbrüder, die alle Apostelkostüme tragen, lauter falsche Tenöre, unterlegt mit dem großen Bass eines Bischofs, der, kurz nachdem das Urteil gefällt ist, singend unterm Rasiermesser stirbt, weil es die schlechte Geschichte so will. Obenauf ein etwas zu schriller Sopran, eine Stimme, die immer zu hoch ansetzt, unverwechselbar eine Jungfrauenstimme, die man niemals gehört haben will. Auch auf das Stück hätte man besser verzichtet. Ein Stück, in dem es von Schäfern wimmelt, die rund um niedrige Feuer sitzen, von Rittern und Reitern und Brüdern umzingelt, von Mördern, Soldaten, Kreuzen und Priestern, von Betrug und Verrat.

Nur wann darf der Verräter endlich der Held sein? Nacht für Nacht pocht Peitsche auf Aufmerksamkeit, auf den fünften Akt, auf das große Finale, auf das Jüngste Gericht, das ihn lossprechen wird. Von Stecken und Dreck und schweren Träumen und einer Schuld, die nicht seine ist. Damen und Herren, verehrte Mordgesellen. Setzen wir auf die Kraft der Verwechslung, die Schuld gehört allen. Unser Lieblingsverräter ist nur ihr Verwalter, der, der die Dreckarbeit machen muss, damit die Geschichte weitergeht. Er holt aus dem Feuer, was sonst keiner knackt, und taucht bis auf den Grund eines Flusses, weil er nach menschlichen Herzen sucht. Der beste und mutigste Schwimmer von allen.

Bis der dreizehnte Jünger die Bühne betritt, um uns alle im Handstreich zu erlösen. Der billige Jakob der menschlichen Angst, der erprobte Bruder des doppelten Bodens, der menschlichen Lust. Der Einzige, der hier noch zugreifen kann, einer, der wirklich weiß, wie mans macht. Er packt die Jungfrau beim Kinderschopf, mitten hinein in die Puddingschüssel, und sperrt sie entschlossen in eine Kiste, um sie dann fröhlich und scharf zu zersägen.

Knirschende Zähne und Mützenschwenken. Großes Hallo, denn jetzt sind wir frei! Reinste und schönste Zauberei, die zersägte Jungfrau! Und wie simpel der Trick, endlich sind wir am Ziel unserer Wünsche, endlich der Kopf vom Körper getrennt, der lachende Mund vom herrlichen Bein mit zwei weißen Armen und zwei winkenden Händen, die niemals ein Schwert erhoben haben.

Gegen wen auch? Wozu ein Schwert, wenn die Säge reicht, damit die Jungfrau Sekunden später gesund und munter, lachend und schön und leibhaftig ganz aus der Kiste steigt. PAR MON MARTIN!, das ist ja eine richtige Frau!

Das Publikum wird begeistert sein und wird sich vor Freude nicht halten können, dass Johanna am Ende doch nicht stirbt. Johanna lebt, aber wir leben ewig, niemand von uns muss durchs Feuer gehen. Kein Rätsel, nur eine optische Täuschung. Und endlich alles am richtigen Platz, endlich die Ordnung von Raum und Zeit. Das könnte passen. Hoffentlich passt es. Denn nur wenn es passt, sind wir mit dabei.

Die Tür ging auf, wir waren wieder zu dritt. Der grüne König vom Tanz in den Mai stellte den Kaffee vor uns auf den Tisch, dünnen Kaffee in drei Bechern aus Plastik, nichts zwischen uns, was zerbrechen könnte.

Sieht irgendwie nicht sehr gut aus für Sie, sagte er, wobei er versuchte, die Stimme zu senken, als täte ihm das womöglich leid. Aber es tat ihm nicht leid, das sah ich sofort, denn er vergaß, beim Lügen sein Gesicht zu verstellen, in dem man sehr deutlich lesen konnte, wie sehr ihm der Gang der Dinge gefiel. Dann riss er ein Zuckertütchen auf, streute den Zucker in den Kaffee und rührte mit einem Plastikstäbchen sehr lange in der Brühe herum, als stieße er auf den Grund einer Lösung.

Das Hundekostüm hob witternd den Kopf. Er sah auf die Uhr. Was ist eigentlich aus dem Professor geworden, fragte er, wollte er nicht gleich wiederkommen?

Der grüne König legte den Stab aus der Hand und trank den Becher in einem Zug leer. Den Becher zerdrückte er mit der Hand und warf ihn in den Korb zu der Mütze. Was den Professor betrifft, sagte er, der kommt nicht wieder, der hat für heute Schluss gemacht. Das wissen Sie doch viel besser als ich. Oder haben Sie immer noch nicht begriffen, welche Sprache unser Professor spricht?

Natürlich haben wir das begriffen. Das Hundekostüm weiß genauso wie ich, dass der Professor die doppelte Sprache spricht. Die berühmte französisch gespaltene Zunge, halb Burgundisch und halb Armagnac. Denn er befindet sich jederzeit doppelt im Krieg, in einem nach außen und einem nach innen, wobei der innere härter ist, keine Aussicht auf Sieg. Weshalb er, um seinen Kopf zu schützen, eine doppelt beschriftete Mütze trägt. Auf der Stirn steht ICH KÄMPFE, auf dem Hinterkopf ICH BIN AUF DER FLUCHT.

Was man leicht übersieht, sofern man vergisst, dass wir die einzigen Zeugen sind. Das heißt, die Einzigen, die sich umdrehen könnten, um einem Professor nachzublicken, der sich mit kurzen und hastigen Schritten aus dem Prüfungszimmer entfernt. Wobei er, um durch die Tür zu kommen, den Kopf zur Sicherheit einziehen sollte, damit er nicht Kopf und Krone verliert.

Denn der Professor ist groß, und die Mütze ist hoch. Also. Höchste Zeit, dass sich jemand ein Herz fasst und endlich den Rahmen himmelwärts ausschlägt.

Leitern

Kinder. Alles hat seine Zeit, auch die Niederlage. Gestern ein König und heute ein Nichts.

Aber ich ziehe den Kopf nicht ein. Ich gehe jetzt einfach durch diese Tür, eine Tür, die ich hinter mir offen lasse. Durch die geöffnete Tür auf den Flur, vom Flur zur Treppe, die Treppe hinunter, zurück in die Halle, durch die Halle und durch eine andere Tür, die mich zurück auf die Straße bringt, von der ich nicht weiß, wohin sie mich führt.

Dabei sollte ich wissen, wohin sie mich führt. Heute Morgen schien mir noch alles bekannt, die Straße, die Hunde, die fahrenden Ritter, Himmel und Bäume, alles in Grün. Natürlich, möglich, dass ich mich täusche, ich täusche mich oft. Wenig Männer- und Menschenkenntnis und, was wesentlich schlimmer ist, nicht den geringsten Sinn für Farben. Ich weiß, dass Mai ist, aber ich sehe ihn nicht.

Davon weiß der Professor natürlich nichts, und auch Peitsche darf es nicht wissen, obwohl ich fürchte, dass er es ahnt. Denn die Wahrheit ist einfach. Mir fehlt das Unterscheidungsvermögen, Blason des Couleurs, ich bin blind für Farben, weshalb die Botschaft mich nicht erreicht. Ich kann einfach Grün und Blau nicht trennen, das Rot nicht vom Gelb. Von Braun ganz zu schweigen. Rote Kleider trage ich nur in der Schlacht, das heißt, nur zum Schein.

An den anderen Tagen nur Schwarz oder Weiß, Einfalt

und kraftvolle Düsternis. Dunkel und Hell, Tag oder Nacht, Licht oder Schatten, auf jeden Fall eine sichere Sache. Aber was ist schon sicher? Die Tür, der Flur, die Treppe, die Halle? Die andere Tür, die nach draußen führt? Auf eine Straße, die ich nicht kenne?

Die Angst nimmt mich bei der Hand und führt mich, weil es dieselbe Straße ist, die mich am Morgen hierher gebracht hat. Oder ist es gar nicht dieselbe Straße? Habe ich nicht einen Umweg gemacht, heute Morgen zwischen halb neun und neun, weil ich gar nicht ankommen wollte, weil ich die Tür gar nicht finden wollte, die mich zwang, durch eine Halle zu gehen, eine Treppe hinauf und durch einen Flur und die mich dazu verführt hat zu klopfen? Die niedrige Tür zum Prüfungszimmer, das ich niemals betreten wollte und das ich trotzdem betreten habe, weil ich mich plötzlich für stark genug hielt.

Grausames menschliches Missverständnis. Ich bin nicht stark, ich bin bloß allein. Auch wenn ich das nicht gern zugeben möchte, ich bin von Gott und der Welt verlassen. Weit und breit kein Hundekostüm, kein Stöckchen, kein Ball, kein grüner König. Kein Ritter in Blau, kein Fahrrad, kein Schwert. Nicht einmal die Fahne der weißen Ergebung, die ich so gerne hochhalten würde. Aber keiner würde mir dabei zusehen, wenn ich jetzt an der nächstbesten Ecke demütig in die Knie gehen würde, um mich endlich besser zu fühlen.

Denn niemand ist da, es ist totenstill, ich bin ganz allein. Als wäre die Welt plötzlich eingeschlafen. Achthundertachtzig müde Soldaten, die in Hinterzimmern liegen und träumen, und ein Wind, der die Seiten des Buches wendet, das zwei Linkshänder über die Jungfrau schrieben und das sich bis heute glänzend verkauft. Nur ich habe versäumt, es zu lesen, auch damals, als ich noch Zeit gehabt hätte. Ich habe den richtigen Zeitpunkt verpasst, ich habe gezögert.

Wie auch anders? Ich habe sowieso nie begriffen, wie sich die Zeit auf den Punkt bringen lässt, ich habe sie nicht zu fassen bekommen. Die Zeit voran, und ich hinterher, die Zunge am Boden. Damen und Herren. Lassen Sie sich Zeit mit dem Buch, lesen Sie, wenn die Zeit dafür reif ist, lesen Sie zu gegebener Stunde. Aber wie reift die Zeit? Und was ist eine gegebene Stunde? Das Leben beginnt im Januar und endet im Mai, nur ich bin nicht schnell genug gewesen, um das zu begreifen, die Geschichte hat ohne mich stattgefunden.

In der Ferne leises Gelächter, lachende Kinder auf einem Balkon. Ich stehe wie in den Boden geschraubt. Kein Zweifel möglich, auf allen Balkonen lacht man nur über mich, den farblosen Ritter ohne Titel und Absicht, kurzfristig beurlaubt. Was im Klartext heißt, für immer und ewig.

Ewig. Von mir aus. Ich dagegen, ein irdisch befristeter Fall. Also höchste Zeit, einen Plan zu fassen. Erstens: Nach Hause! Zweitens: Links oder rechts? Drittens: Bus oder Bahn? Viertens: Wo ist das Geld? Fünftens: Zu Hause. Sechstens: Die lange Treppe nach oben. Siebtens: Eine verschlossene Tür.

Heiliger Martin, wo ist der Schlüssel? Ich stehe vor einer verschlossenen Tür, von der ich weiß, dass sie meine ist, und kann den Schlüssel nicht finden. Nicht in der linken und nicht in der rechten Tasche, auch nicht oben im Hemd, er ist einfach nicht da. Weiß der Teufel, wo dieser Schlüssel ist, mit dem ich die Tür endlich öffnen könnte, um durch den Flur in die Küche zu kommen und durch die Küche ins Zimmer dahinter. Und in mein Bett.

Geliebtes Bett, wann nimmst du mich auf, wann darf ich schlafen? Um endlich die Stimmen zu vergessen, allen voran die Stimme Loiseleurs, der die Treppe hinauf auf den Karren springt, damit ich jetzt endlich beginne zu sprechen. Aber ich werde nicht sprechen! Natürlich, es gäbe noch so viel zu tun, und so viel zu sagen. Aber ich will nicht sprechen, wozu der nutzlose Aufwand. Erklärung und Verteidigung, immer nur Rede und Gegenrede, Urteilsspruch, Abschwörung, Widerruf. Der Griff nach dem Stift, die gewünschte Formel. Wir meinen ja immer das Gegenteil. Eine kratzende Feder, die immer zu laut ist, die eigene Angst in Tinte getaucht. Der Teufel soll dieses Blatt unterschreiben! Was mich betrifft, ich kann gar nicht schreiben, ich kann ja kaum lesen. Ich will meine Ruhe. Ich habe es satt, den Vermittler zu spielen, zwischen hier und da und oben und unten. Himmel, Hölle, das ist mir egal, so oder so eine unklare Richtung. Loiseleur weiß doch genau, was passiert ist, er hat es ja schließlich selber getan.

Am Ende siegt die Gerechtigkeit. Aber wollen wir das? Er sieht ganz so aus, als ob er das will, aber das hat mit mir nichts zu tun. Ich suche nicht nach Gerechtigkeit, schon gar nicht nach Ausgleich, sondern nur nach dem Schlüssel, der wahrscheinlich auf meinem Küchentisch liegt, gleich neben der Mütze.

Ich hob meine Fäuste und schlug gegen die Tür, als wäre da drinnen jemand zu Haus, den man mit Faustschlägen wecken kann und der mir die ganze Geschichte erklärt. Ein Waffenbruder, der Wache hält und aufpasst, dass das Feuer nicht ausgeht, der wach ist, während ich schlafe, der mir zuhört, ohne mich zu belauschen. Das heißt, ohne Trick und Hintergedanken, ohne Gegenrede und doppelten Boden. Nichts als ein Ohr ohne Vorwurf und Absicht.

Stattdessen der Nachbar, der in den Flur trat, auf dem Kopf eine deutlich beschriftete Mütze, eine Aufschrift, die selbst ein Blinder liest. Sie wohnen hier übrigens nicht allein, sagte er laut und streckte dabei seine rechte Hand aus, deren Zeigefinger nach oben wies. Lieber Nachbar, darf ich die weiße Fahne schwenken?

Ich durfte, aber ich schwenkte sie kurz, weil der Nachbar, jetzt beide Hände nach oben, gleich wieder in seiner Wohnung verschwand und von drinnen meine Schritte verfolgte. Kurze und heftige Schritte nach unten. Erst auf der Straße blieb ich stehen und schnappte nach Luft.

Die Schultern betasten, die Waden beklopfen, dann kurz in die Knie und die Stirn auf das Pflaster, ein leises Tätscheln des linken Handschuhs. Gott sei Dank, ich bin ja noch da, ich bin wieder ganz. Ein Kuss in die Luft und ein leises Pfeifen. Lauf los!

Also laufe ich los. Denn womöglich liegt ja der Schlüssel bei Peitsche. Aber wo liegt Peitsche? Bin ich jemals bei ihm zu Hause gewesen? Kommt mir das alles nicht nur so vor? Kann doch sein, ich bin überhaupt nicht verliebt, sondern tue bloß so, und er tut auch so, wir beide tun so, das heißt, wir tun nichts. Wir haben uns nur in ein Spiel verliebt, ERKENNE DIE JUNGFRAU, in Rüstungen und in lachhafte Hauben, in Mützen, die wir weder falten noch ablegen können. Ein Kostümfest mit lauter Nebenfiguren, die langsam aus unserem Blickfeld verschwinden. Nur wir sind noch übrig und spielen weiter, weil uns das Spiel viel zu gut gefällt, um jetzt einfach so damit aufzuhören. Wir spielen noch immer, wir hätten Gäste, aber gemeinsam sind wir nur doppelt verwirrt. Wer sind wir wirklich? Wo soll ich klingeln? Welcher Name steht unten an der Tür?

Aber meine Sorge war vollkommen überflüssig, denn als

ich die Haustür schließlich erreichte, hing an der Tür ein kleiner Zettel, ich sah ihn von weitem. Die alte geliebte Linkshänderhandschrift, drei Worte, auch von weitem gut lesbar: ICH BIN UNTERWEGS!

Das sind wir ja alle, also bin ich es auch.

Sonnabend, siebenundzwanzigster Mai. Großes Gedränge am Bahnsteig, plötzlich wollen alle nach Frankreich. Aber wo liegt Frankreich? Und warum nach Rouen, man fährt nach Paris. So oder so ist der Zug viel zu voll, ein Nachtzug voller Koffer und Schatten. Schieben und Stoßen, weil sich keiner entscheiden kann, für links oder rechts, für den Speisewagen oder das Bett. Egal wohin, der Weg ist in beide Richtungen mühsam, weil die Gänge zu eng sind und die Luft zu dick, wir reisen ja hinter verschlossenen Fenstern.

Dafür in Gesellschaft, wenigstens bin ich nicht mehr allein. Bett oder Bistro, das ist mir egal. Damen und Herren, wir stellen uns einfach vor, neunzehn zu sein, dann wird es schon gehen. Mit etwas Geduld findet jeder den Platz, um im Liegen aus dem Fenster zu starren, Bücher zu lesen und Schafe zu zählen. Wagen Neunvier und Pritsche Achtzwei.

Also gut, dann werde ich unten liegen, das erspart mir die Leiter zur Pritsche nach oben, eine kleine schmale eiserne Leiter, von der man ziemlich leicht abrutschen kann, wenn man vorher im Bistrowagen war. Ich schob meinen Rucksack unter die Pritsche, zog das weiße Laken darüber und wickelte mich in die braune Decke. Dann begann ich, DIE JUNGFRAU von vorne zu lesen.

Plötzlich neben mir eine Stimme. Wollen Sie wirklich nach Rouen? Paris ist viel schöner, sind Sie schon in Paris gewesen? Sie sind bestimmt in Paris gewesen, das sehe ich gleich, ein sehr schönes Kleid.

Ich trug gar kein Kleid, ich zeige auch unter der Decke kein Knie. Ich trug eine Hose, grau oder schwarz, darüber ein weißes gebügeltes Hemd, und sah in das Gesicht eines Mannes, dessen Nase steil nach himmelwärts zeigte, ein doppelter Zeigefinger, auf dem eine dicke Brille saß. Eindeutig eine Taucherbrille, für den, der auf Grund geht und über Wasser rein gar nichts sieht. Blau oder Braun oder Grün oder Grau, auf die Augenfarbe kommt es nicht an. Sowieso nicht viel Sehenswertes, jedenfalls nicht, was mich betrifft.

Heilige Einfalt, darf ich wetten? Sobald ich auf Rot setze, beginnt er zu stottern, oder er hisst die weiße Fahne. Aber ich setze nicht Rot, wer will schon sehen, was er beschreibt, man beschreibt auch so schon genug. Als käme es auf seine Augen an oder auf seine Nase oder womöglich auf seine Ohren, die empfindlich groß sind wie Fledermausohren und im rechten Winkel zur Nase stehen. Entzündete Ohren, weil es in Zügen immer zu laut ist.

Wir sind ja umzingelt von falschen Stimmen, die uns weismachen wollen, sie wüssten wohin, lauter Stimmen, die uns bedrängen, mit Botschaften, die wir nicht hören wollen. Brüllende Schaffner und schreiende Kellner, die nicht wissen, wem sie was ausschenken sollen, weil sie sich immer von vorne verirren in der haltlosen Landschaft unserer Wünsche. Dem einen Bier, dem anderen Schnaps, der dritte ruft nach Wasser und Brot. Am Ende bleiben sie ratlos stehen und wissen nicht, wohin das Tablett.

Ich weiß, was ich sage, ich kenne die Strecke, ich fahre hier nicht zum ersten Mal, auch nicht zum letzten, vermutlich komme ich wieder nicht an. Aber ich kenne die Namen sämtlicher Schaffner, auch die Namen der Kellner. Nur den Namen des Mannes kenne ich nicht, der neben mir in der Tür zum Abteil steht und halb blind nach der Nummer der Pritsche sucht, damit er weiß, wo er schlafen kann. Bruder Martin, sagte er leise.

PAR MON MARTIN, da bist du ja endlich! Ich legte DIE JUNGFRAU aus der Hand, setzte mich auf und stieß mit dem Kopf an die Decke. Pritsche Achtvier, das Bett meines Bruders.

Erst jetzt sah ich, dass er ohne Gepäck war, keine Tasche, kein Koffer, kein Rucksack, nichts in der Hand, was er ablegen musste, zwei freie und unbelastete Hände mit sehr kurzen Fingern, mit denen er sich den Mantel aufknöpfte, der eigentlich gar kein Mantel war, sondern nur eine Kutte, die ihm bis auf die Schuhe fiel, von denen ich nur die Spitzen sah, die nicht spitz waren, sondern rund und stumpf, schlecht geputzt.

Und indem er seinen Mantel ablegte, sah ich, was ich nicht sehen wollte, weil plötzlich alles zum Vorschein kam, was an dem Mann nicht zusammenpasste. Ein Bruder wie nebenbei bekleidet, wie zwischendurch, ohne Sinn und Verstand, völlig ahnungslos in der offenen Landschaft, die überhaupt nicht zu sehen war, weil es dunkel war, und das Fenster war staubig.

Und als Bruder Martin die Leiter bestieg, die kleine eiserne Leiter nach oben, sah ich, dass er beim Steigen leicht hinkte, weil er das linke Bein nachziehen musste, ein Bein, das sich nicht ins Knie zwingen lässt. Ein Bettelbruder aus der Schlacht nebenan. Wer hat dich geschlagen? Und sag, wie du kniest, wenn du betest! Kniest du mit rechts? Und wo, wenn du kniest, ist dein linkes Bein? Liegt es lang ausgestreckt daneben? Das eine kniet und das andere liegt, aber was will uns Gott damit sagen?

Gott sagte nichts, dafür sprach jetzt der Bruder. Er sprach leise und langsam und ohne dabei die Stimme zu heben, wahrscheinlich nichts als ein Abendgebet, das er in- und auswendig konnte und dessen Inhalt sich im Beten verlor. Eine deutlich und stetig mahlende Mühle, die die Wörter zwischen den Steinen zerreibt, als käme es nicht auf die Wörter an, nicht auf das Korn, sondern nur auf das Mehl, auf den hellen und weißen Ton einer Stimme, eine menschliche Stimme, die Mut zuspricht und uns sagt, dass es weitergeht.

Heilige Einfalt, so liege ich da. Fest in die braune Decke gewickelt. Und über mir liegt der Bruder und betet. Ich lausche und halte den Atem an, weil ich Angst habe, ihn beim Beten zu stören und weil ich den Klang nicht verlieren will, den Klang einer Stimme, die sich über das Rattern der Räder erhebt, wie Wind. Nur ich liege da wie festgenagelt, während der Zug durch die Dunkelheit fährt, haltlos von hier nach Paris, bis zum Bahnhof des heiligen Lazarus, wo wir später umsteigen müssen, wenn wir noch rechtzeitig ankommen wollen.

Plötzlich begann Bruder Martin zu singen, ein Lied, das mir sehr bekannt vorkam, auch wenn ich nicht wusste, woher. Aber das macht nichts, denn ich singe längst mit, auch wenn ich nur stumm die Lippen bewege, ein Abendversuch der Erinnerung. Eine Erinnerung ohne Worte und Text, kein Gedanke an Strophen, nur Melodie, ohne Auftrag und Absicht, bis sich auch die Erinnerung auflöst und nichts als die Gegenwart übrig bleibt, weil sich die eigene Stimme erhebt.

Das war am siebenundzwanzigsten Mai, als Johanna entschlossen widerrief.

Johanna widerruft, und ich singe! Kein Sopran, nur ein ungeübter mittlerer Alt, meine eigene Stimme, von der ich nichts wusste, von der ich nur ahnte, dass es sie gibt. Aber jetzt ist sie da, denn ich weiß, dass die Sache zu Ende geht und dass ich Johanna nicht retten muss, weil sie sich längst entschieden hat. Die Jungfrau ist nicht auf mich angewiesen, sie steht auf der Leiter und sieht plötzlich alles, auch das, was Bruder Martin nicht sieht und was ich mir nicht einmal vorstellen kann.

Also singen wir weiter, der Bruder und ich, flankiert von bärtigen Männerchören, die draußen in engen Gängen sitzen, ohne Aussicht auf Schlafplatz und Sieg, und die wie ich nichts vom Beten verstehen. Wozu beten, wir können ja singen, lauter Lieder, die jeder kennt. Und wer sie nicht kennt, soll sie kennen lernen, damit er sie später wieder erkennt, am Morgen danach, wenn er am Fuß einer Leiter steht, von oben bis unten in Einfalt gekleidet, auf dem Kopf eine Mitra mit der klingenden Aufschrift: AM DREISSIGSTEN MAI IST DER WELTUNTERGANG!

Denn dass wir nicht lange zu leben haben, sondern nur noch drei Tage, das wissen wir selbst. Wozu sonst hätten wir die Kindheit erfunden und das Leben danach, den Himmel, die Kirmes, die englischen Hobbys, den Jahrmarkt, den Faschingszug und die Helme und Mützen und die vielen farbigen Feuerzeuge, die ein Bauchladenmann in Rouen verkauft, damit wir die Jungfrau nicht zu schnell vergessen. Von den Karten und Würfeln ganz zu schweigen, mit denen der Händler uns weismachen will, wir hätten das Schlimmste schon hinter uns und das Beste noch vor uns, die Dame, den König, das Ass und den Himmel.

Nur dass es den Himmel nicht gibt, auch nicht über Rouen, die Farbe Blau ist reine Erfindung. Nichts als praktische Einbildungskraft. Johannas Lieblingsfarbe.

Aber wir sind noch lange nicht in Rouen. Der Zug fährt dahin, und von Bauchladenmännern ist keine Rede, die Versorgung auf offener Strecke ist schlecht. Dabei bin ich sehr hungrig, vor allem durstig, und warte auf den Mann mit dem Karren, der uns alle erlösen könnte, und wenn nicht erlösen, dann zumindest erfrischen, durch ein leichtes Winken mit Wasser und Brot, mit Sandwich und einem Stück Schokolade und mit kleinen Flaschen, die Schlaf versprechen.

Flaschen, mit denen man Ohren verstopft und die auch den Bruder zum Schweigen bringen, der über mir lag und nicht aufhören konnte, die immer selben Gebete zu sprechen, indem er Gebet an Gebete reihte, eine lange Kette von Vaterunsern und gegrüßten Marien randvoll der Gnaden, denn der Herr ist bei ihnen. Richtige Jungfrauen ohne Tadel und Absicht, von denen Johanna viel lernen könnte, für den Fall, dass sie wüsste, wie man lernt.

Nur ist ja Johanna mit Lernen schon fertig, denn sie hat gar nicht erst damit angefangen, trotz Kopf und Gedächtnis. Und was für ein Kopf, und erst das Gedächtnis, der Professor hätte viel Freude daran! Aber was sind achthundertachtzig Magister gegen Katharina, Michael, Margareta und gegen den größten Meister von allen? Wozu auf menschliche Stimmen hören?

Zugegeben, sie hat es versucht, allerdings nur ein einziges Mal, beim Unterzeichnen der Abschwörungsformel. Eine Kinderhandschrift aus Panik und Not, ein kurzer Moment von menschlicher Schwäche im Angesicht von Henker und Holz. Ein Mal. Dann nie wieder. Denn schon auf dem Weg zurück in den Turm mit Aussicht auf Wasser und Brot auf ewig begriff Johanna den Selbstbetrug, die erbärmliche Täuschung, eine Flucht ist in Wahrheit völlig unmöglich.

Der Rest ist kraftlose Düsternis, keine Aussicht auf Grün, nur die englischen Wächter, die Kuhmagd, die Hure, das gestohlene Kleid, der Wunsch nach der Beichte, die verweigerte Hostie. Und die Sehnsucht nach den alten Männerkleidern, die irgendwo in der Ecke liegen und darauf warten, dass die Jungfrau rückfällig wird, obwohl die Bibel es anders will. Aber was nützt die Bibel im Turm von Beaurevoir, zwischen Wächtern, die uns nicht schlafen lassen und die Jungfrau mit Händen und Flüchen foppen.

PAR MON BÂTON, gebt mir endlich den Prügel, damit ich sie alle hinauswerfen kann, um ab heute für immer gerade zu gehen und zurück in die Männerkleider zu steigen, die die bessere Hälfte des Mantels sind, für den, der in Sicherheit schlafen will.

Ich konnte nicht schlafen, ich lag und lauschte. Auf den Regen, der gegen das Fenster fiel, auf die Stimmen vor der Tür auf dem Gang und auf den Atem von Bruder Martin, der mit Beten längst fertig war und auf der Pritsche über mir schlief. Die Hälfte der Kutte hing über den Rand wie ein Vorhang. Er lag ganz still, er drehte sich nicht, nur manchmal seufzte er leise im Schlaf, oder er murmelte ein paar Worte, die unter den ratternden Rädern verschwanden, Räder, auf die man den Karren stellt, der Johanna nachher zum Richtplatz bringt.

Ob wir noch rechtzeitig ankommen werden? Schon wieder eine der falschen Fragen, denn es geht nicht darum, ob wir ankommen werden, sondern darum, ob ich ankommen will, ob ich wirklich mit von der Partie sein möchte, wenn man Johanna zur Leiter bringt. Ob ich sehen will, was ich nicht sehen muss oder sehen muss, was niemand sehen sollte und was auch Peitsche nicht sehen möchte und der Professor erst recht nicht. Was den Professor betrifft, da bin ich mir sicher, der Professor kommt nur bis Paris, Gare du Nord, um sich für immer in Luft aufzulösen. Viel zu tun und so lebhaft die Strecke, dass man auf Abstecher besser verzichtet.

Und Peitsche kommt bestenfalls bis Saint Lazare. Dort wird er biegsam unter der Tafel stehen und unruhig die Liste der Züge studieren und nicht wissen, in welchen Zug man steigt, wenn man nicht weiß, was man sehen will. Ich werde ihn schon von weitem erkennen, an dem Hemd und den Händen, mit denen er seinen Text dirigiert, einen Text, der immer derselbe ist, fahre ich oder fahre ich nicht? Und ich werde rufen, steig ein und fahr los, dann wirst du schon sehen, wohin du kommst.

Aber Peitsche ist nicht auf mich angewiesen, genauso wenig wie der Professor, und Bruder Martin braucht mich erst recht nicht, der Einzige von uns, der wirklich weiß, wohin dieser Zug ihn bringen wird, weil ihm gleich ist, wohin er fährt, er fährt ja nicht selbst, sondern lässt sich fahren, von einem, der einmal behauptet hat, nichts als der Weg und die Wahrheit zu sein.

Weg oder Wahrheit, das ist mir egal, auf mich trifft das nicht zu. Ich bin nach wie vor allein unterwegs, was der Grund dafür ist, dass ich wach liegen muss. Ich liege und lausche und frage mich, wo Peitsche jetzt ist, warum er gepackt hat und warum so in Eile? Überstürzung ist ungesund und gefährlich. Vielleicht ist er aber auch gar nicht in Eile, sondern tut nur so, oder ich tue so, und alles ist Teil eines großen Plans, eines großen und undurchschaubaren Plans, von dem ich nichts weiß, weil ich, wie immer, nicht eingeweiht bin.

Gut möglich also, dass er nicht zögert, wenn er am Bahnhof unter der Tafel steht, sondern dass er die Tafel gar nicht beachtet und mit zügigen Schritten zum Bahnsteig geht, um genau den richtigen Zug zu besteigen, der ihn ans Ziel seiner Wünsche bringt, nämlich dorthin, wo er die Mütze vermutet, die einzige Mütze, auf die es ihm ankommt und die er noch immer nicht falten kann.

Verfluchte Mütze! Wer sagt mir, dass Johanna die Mütze trägt? Kann ja auch sein, sie trägt keine Mütze, sondern doch wieder nur den alten Helm, von dem sie sich einfach nicht trennen kann, ihre zweite natürliche Schädeldecke, klein, stumpf und abgewetzt. Helmträger kommen nicht in den Himmel! Oder hat man jemals von einem gehört, der unter dem Helm echte Reue zeigt? Nicht dass ich wüsste.

Demut und Reue, Buße und Beichte, Vergebung und Gnade, Kniefall und Schuld. Reine Mode. Die Wahrheit ist einfach und schwer zu ertragen, Johanna wird nie in den Himmel kommen, sie trägt ja nur zum Schein diese Mütze, drei Worte, die jeder sofort versteht, nur sie selbst weiß nicht, was auf der Mütze steht. Woher auch, sie sieht ja nicht in den Spiegel, sondern immer nach oben, in den Spiegel aus Blau, hinter dem sich der Ort ihrer Wünsche befindet, ein Ort, der ihr ganz allein gehört, ein Ort, an dem niemand mehr Mützen trägt, weil dort alles leicht ist und schwerelos, sodass kein Stein auf dem anderen bleibt, kein Kopf auf dem Kragen und keine Krone über der Stirn.

Vielleicht ist es aber auch umgekehrt, und der Himmel ist auch nur ein Nebenzimmer, eine kleine betriebsame Mützenfabrik, die Werkstatt eines alternden Schneiders, ein schlecht ausgeleuchteter Hobbyraum, in dem Tag und Nacht nur gebastelt wird. Achthundertachtzig halb blinde Engel, denen jeder Sinn für Farben abgeht und die von morgens bis abends erst schneiden, dann falten, dann gründlich beschriften, für jeden von uns ist einer dabei, einer, der unseren Namen trägt und zu wissen glaubt, welche Aufschrift uns passt. Und in der Ecke hinten am Fenster, durch das man immer noch nicht sehr viel sieht, sitzt mein Freund Peitsche, der Mützenexperte und Zöllner vom Dienst, und füllt umständlich lange Listen aus, damit ihm keine Mütze entgeht, wobei er laut mit den Zähnen knirscht und Nussschalen zwischen den Fingern reibt.

Und um ihn herum nichts als Einfalt und Fleiß, Rascheln und Knistern, Falten und Schneiden, Sortieren und Ordnen, Beschriften und Zeichnen, Suchen und Finden und wieder Verlieren. Aber wie tauft man richtig? Und wie leicht kommt es vor, dass der eifrige Leser Peitsches Mütze mit meiner verwechselt oder meine mit seiner oder mit der des Professors? Wie schnell ist ein Name falsch buchstabiert und wie leicht aus Versehen die Aufschrift vertauscht, gleich landet man in der falschen Abteilung.

Und das nicht etwa aus böser Absicht, sondern nur, weil einer nicht aufgepasst hat und weil es gelegentlich vorkommen kann, dass einer von uns bei der Arbeit ermüdet und unvermittelt nach hinten fällt, um endlich zu schlafen und im Traum dahin zu kommen, wo Johanna längst ist.

Aber wo ist Johanna? Und wo ist Peitsche? Und allen voran, wo ist Bruder Martin, dessen Atem nicht mehr zu hören war, als ich plötzlich erwachte und mühsam versuchte, die Zeit zu entziffern. Die Uhr zeigte Dreiundzwanzigfünfvier, kurz vor Mitternacht. Neben mir auf dem Kissen DIE JUNGFRAU, Seite Zwölfacht, sehr weit bin ich also nicht mehr gekommen, die Heiligsprechung steht folglich noch aus.

Aber das macht nichts. Der Tod dauert kurz, das Heiligwerden dafür umso länger. Fuß vor Fuß und Sprosse für Sprosse, eine lange und immer leicht schwankende Leiter, die durchaus nicht immer nach oben führt, lauter Päpste, die sich nicht einigen können. Denn es kommt ja nicht darauf an, heilig zu werden, sondern nur darauf, wer uns heiligspricht. Johanna könnte ein Lied davon singen.

Also besser, wir lassen uns Zeit mit dem Urteil, wie sich das Urteil Zeit lässt mit uns. Vom Scheiterhaufen bis auf die Schwelle des Kanons, das ist bekanntlich ein steiniger Weg, da kommt es auf sechshundert Jahre nicht an. Gut. Warten wir, bis man die Stimmen auszählt, bevor wir die eigene Stimme erheben. Stimmen, die für Johanna sprechen, und Stimmen, die gegen Johanna sprechen. Wir halten die Stimmen gründlich ins Licht, um schließlich zu einem Ergebnis zu kommen, das uns nicht überrascht.

Ich wickelte mich aus der braunen Decke, stellte die Füße auf den Boden und schob den Kopf unter der oberen Pritsche hervor, wobei meine Stirn die Kutte berührte, ein brauner schwerer Flügel der Nacht, eindeutig die bessere Hälfte des Mantels. Aber die Kutte lag leer wie die Pritsche des Bruders, Bruder Martin war nirgends zu sehen.

Ich schob die Tür auf, trat auf den Gang und hob meine Füße über die Koffer, zwischen denen die Waffenbrüder schliefen, die im Traum leise schnarchten. Dann ging ich langsam den Gang hinunter, vorbei an fest verschlossenen Türen, vorbei am Waschraum und an den Toiletten, bis zur Kabine des Schlafwagenschaffners, deren Tür zum Gang hin halb offen stand. Drinnen brannte ein schwaches Licht, der Kopf des Schaffners lag auf dem Tisch, auf einer Zeitschrift, daneben ein Kaffeebecher aus Plastik.

Eine leere friedliche Nacht. Stille unter dem Rattern der Räder.

Erst zwei Wagen später, in Wagen Neunsechs, kam unvermutete Stimmung auf, laute Stimmen, klirrende Gläser, Gesang und Gelächter, es roch nach Rauch. Als ich auf der Schwelle der Tür zum Bistrowagen stand und meine Stirn gegen die Scheibe der Schwingtür legte, sah ich, dass drinnen alles besetzt war. Kein freier Platz, die Tische und Gläser sämtlich randvoll, leere Teller, flankiert von zerfetzten Servietten, und auf den schmutzigen Tischtüchern Reste, die achtlos zwischen Bestecken lagen, zwischen billigen Messern, Gabeln und Löffeln, die hin und wieder erhoben wurden, wenn irgendwer an ein Glas schlagen wollte, um eine Meinung zum Besten zu geben, die niemand am Tisch mehr hören wollte.

Ich erkannte La Hire auf den ersten Blick, eine Barrikade aus gelbem Lärm und aus Rauch. Er war gut zu erkennen, nicht an dem Mantel, den er abgelegt hatte und der voller zertretener Glocken war, sondern an seiner hinkenden Zunge, mit der er versuchte, an ein Gebet zu erinnern, in dem Gott La Hire spielt und La Hire dafür Gott und in dem Gott das tun soll, was La Hire für ihn täte, für den Fall, er ist Gott oder Gott ist La Hire. Die plumpe vertraute Scholastik der Söldner! Nur war ich mir beim Beten nicht sicher, ob ich die richtigen Worte fand, weil keiner der Gäste die Mütze trug, von der ich sie hätte ablesen können.

Verfluchtes Gedächtnis! Ich habe euch alle schon einmal gesehen, nur weiß ich beim besten Willen nicht, wo. Das fadenscheinige Hundekostüm, das in der hinteren Ecke des Wagens sitzt, unterwegs nach Paris, zwischen sechs anderen Hundekostümen, die unbeschwert um die Wette trinken und immer wieder nach Stöckchen springen, nach dem dreizehnten Schnaps auf den dreißigsten Mai, als wären nicht noch drei Tage Zeit, um das letzte und gültige Urteil zu fällen.

Drei volle Tage! Und am Tisch daneben drei Könige, ebenfalls voll und alle in Grün, keiner gekrönt, dafür taub und stumm und hoffnungslos mit Schönsein beschäftigt, als käme es noch auf Schönheit an zwischen hier und dem Bahnhof Sankt Lazarus. Aber sie ließen sich nicht aus der Fassung bringen, vielleicht, weil sie schon aus der Fassung waren und längst damit begonnen hatten, um die Köpfe der Waffenbrüder zu würfeln.

Die Eins für La Hire und die Sechs für Dunois, der in trübem Tarnschlaf am Nebentisch saß, weil der Wind sich nicht dreht, von Wind keine Rede, und weil er die Stimmen nicht mehr ertrug, die Stimmen von Bischof Cauchon und Midi, die mit großer Heftigkeit Eingaben machten, Papiere wälzten und nebenbei Protokolle umschrieben, als gälte es, jetzt, in letzter Minute, zu retten, was nicht mehr zu retten ist, während Massieu mit dem Löffel die Asche rührte, die beim Schreiben auf ihre Akten fiel.

Karl war nirgends zu sehen, und De La Trémoille lag längst unterm Tisch, zu Füßen des Henkers, der, unter Tränen von sich selbst gerührt, kleine Kreuze aus Strohhalmen flocht, während Warwick versuchte, Flaschen zu öffnen, in denen nichts mehr zu trinken war, und Alençon und d'Aulon eine Fahne hissten, auf die eine weiße Taube genäht war mit der Aufschrift im Schnabel: ES LEBE DIE JUNGFRAU!

Die Jungfrau ist tot, also lebe die Jungfrau, aber wie krönt man richtig, und wie spricht man heilig? Es war Loiseleur, der plötzlich mit einem Satz auf den Tisch sprang und sieben Finger hoch in die Luft hielt, um daran die Tugenden abzuzählen, denn nur, wer alle sieben erfüllt, kann über die Schwelle zur Heiligkeit kommen. Erstens der Glaube, zweitens die Liebe, drittens die Hoffnung, viertens die Weisheit, fünftens Gerechtigkeit, sechstens die Tapferkeit, siebtens das Maß.

Plötzlich hörte ich eine Stimme. Vielleicht war es auch nur die Stimme des Schattens, der hinter dem Vorhang zur Küche saß und das weiße Hemd des Professors trug, flankiert von den Schatten der beiden Schreiber, die noch einmal alles von vorne schrieben, kardinale Tugenden, Punkt eins bis Punkt sieben.

Damen und Herren, rief der Professor, obwohl keine Damen anwesend waren, von der Ketzerei hin zur Heiligkeit, das ist ja nur ein Gedankensprung, erst der Einwand, und nachher die Tugend, nur eine Frage der Übersetzung. Die Regeln sind einfach, nur leider hat sie niemand begriffen, bestanden hat keiner. Also fangen wir wieder von vorn an.

Erstens der Glaube: Reiner Fanatismus. Zweitens die Liebe: Blinder denn je! Drittens die Hoffnung: Wo weht hier ein Wind? Viertens die Weisheit: Neunzehn und weise? Die Gerechtigkeit fünftens: Welche Frau ist gerecht? Sechstens die Tapferkeit: Ein Sprung aus dem Turm. Und siebtens, zum Schluss, das richtige Maß: Eine maßlose Jungfrau! Also. Wann sprechen wir endlich Columbus heilig? Oder von mir aus auch Gilles de Rais?

Große Stille im Wagen, lauter gesenkte Köpfe. Magister Loiseleur stieg verlegen vom Tisch, d'Aulon ließ schweigend die Fahne sinken, die Könige ließen die Würfel fallen, und Gilles de Rais errötete heftig und versuchte, sein Messer verschwinden zu lassen. Massieu hätte sich jetzt ein Herz fassen müssen, aber stattdessen blies er nur in die

Asche, bis Midi so heftig zu husten begann, dass Cauchon ihm freundlich den Rücken beschlug, dann fiel er zwischen die Teller. Und unter dem Tisch dreht sich De La Trémoille unruhig zwischen Messer und Gabel auf die sichere Seite.

Auf dem Gang helle Schritte, ein eiliges und ein hinkendes Bein, ich drehte mich um. Par mon Martin, wo bist du gewesen? Hinter mir stand Bruder Martin, auf der Stirn die gefaltete Feuerleiter mit der Aufschrift DIE ANGST, der Einzige, der hier noch Mützen trägt und beide Arme hoch in die Luft hält, die mit Hilfe mutiger Einbildungskraft womöglich doch noch ein Kreuz ergeben.

Lieber Bruder, warum kommst du so spät! Und wann holst du die Arme endlich nach unten, wo du sie leichter öffnen könntest, um entschlossen das freundliche Schwert zu ziehen, mit dem du den herrlichen Mantel teilst. Eine Hälfte für dich und eine für mich, unter der wir uns beide verstecken könnten, glücklich getrennt und jedem das Seine. Ein dunkler, warmer und sicherer Platz, während ein haltloser Zug durch die Dunkelheit fährt und sich hinter der Schwingtür die Stimmen erheben, immer von vorn und immer dasselbe, weil Warwick den Kellner bestochen hat, der im Begriff ist, die achthundertachtzigste Flasche zu öffnen, für achthundertachtzig verdorrte Apostel, für die Bruderschaft auf dem Weg nach Paris, wo am dreißigsten Mai die Welt untergeht. Aber so wie es aussieht, wahrscheinlich schon vorher.

Die Welt geht nicht unter, sagte Bruder Martin und lachte. Dann gab er mir die Hälfte des Mantels, die eindeutig seine bessere war.

Himmel

Am Bahnhof des heiligen Lazarus verlor ich den Bruder aus den Augen, denn das Gedränge war groß, und ich war zu sehr mit der Tafel beschäftigt, auf der ich den passenden Anschlusszug suchte, ROUEN war nirgends zu finden.

Wen soll ich fragen? Ich bin des Französischen nicht mächtig, eine nach wie vor uneinnehmbare Sprache, lauter Spitzen und Ränder. Schlag den Rahmen himmelwärts aus, und ich wüsste, in welchen Zug ich steige, um doch noch rechtzeitig anzukommen. Aber vielleicht fährt jeder Zug nach Rouen. Und sitzt nicht in jedem französischen Zug ein Bettelbruder, der Martin heißt und der bereit ist, mit mir seinen Mantel zu teilen?

Also ging ich einfach los, bis ich die andere Hälfte der Kutte fand, denn der Bruder war am Bahnsteig stehen geblieben, um seinerseits nach mir Ausschau zu halten. Da sind Sie ja endlich, rief er. Er winkte und schob mich drei kleine eiserne Stufen nach oben, dann stand ich im Wagen. Er kletterte nach, wobei er das linke Bein wendig nachzog, wahrscheinlich reist er viel öfter als ich.

Der Zug fuhr ab, ein Blick auf die Uhr, es war kurz vor halb elf. Das Schlimmste haben wir hinter uns, sagte Bruder Martin, lachte und rückte die Taucherbrille nach oben, das Schlimmste ist immer der Zug nach Paris. Danach wird auf einmal alles ganz hell, jetzt geht es nach Hause. Und während er sprach, schob er mich durch die Tür, durch die Tür auf den Gang und durch den Gang hinunter durch die Tür in ein Abteil, das vollkommen leer war. Mit dem Ärmel der schlechteren Hälfte der Kutte wischte er über die staubigen Sitze, dann trat er ans Fenster.

Ein Fenster, das sich leicht öffnen ließ, und draußen ein Wind, der mir bekannt vorkommt, ein Maiwind, ein Eroberungswind, in anderen Worten, ein Jungfrauenwind. Ich spüre ihn nicht, aber ich weiß, dass er da ist, denn der Bruder ist da, und ich bin es auch. Jeder Zweifel unmöglich. Denn selbst wenn der Wind sich drehen sollte, Bruder Martin dreht sich nicht mit, er denkt nicht einmal daran, sich zu drehen, weil er so gut wie zu Hause ist.

Selbst der Schaffner schien hier zu Hause zu sein. Das sah ich daran, wie er die Fahrkarte lochte, ganz nebenbei, nur eine freundliche Randnotiz. So wie man morgens ein Fenster öffnet oder vor die bekannte Haustür tritt und stille niedrige Feuer schürt, als wäre das hier eine friedliche Gegend, in der von Krieg nie die Rede war, nur von Weißbrot in Kaffee mit Milch getaucht und von harmlosen Tagen, die alle einer dem anderen gleichen, als stünde die Zeit in der Gegend längst still, ein Alltag, der nichts als die Ewigkeit probt. Auch ein Schaffner kann es zur Heiligkeit bringen.

Sind Sie jemals in Rouen gewesen, fragte Bruder Martin. Nicht dass ich wüsste, sagte ich, aber einen Grund gibt es immer, nur fehlte der Anlass. Nicht, dass es jetzt einen Anlass gibt, aber ich bin ja fast da und kann nicht mehr zurück. Vielleicht auch bloß eine offene Rechnung, man muss schließlich sehen, was man beschreibt.

Man muss nicht sehen, was man beschreibt, sagte Bruder Martin, man muss es nur tun. Sind Sie schon in der Seine gewesen? Ich meine, können Sie schwimmen? Natürlich können Sie schwimmen, keine Frage, Sie schwimmen doch wie ein Fisch im Wasser, das sehe ich gleich, zwei zierliche Flossen, ich täusche mich selten. Beim Schwimmen kommt man auf andere Gedanken, das heißt, die Gedanken verschwinden einfach, weil man mit Atmen beschäftigt ist, oder mit Beten, falls Sie so wollen. Sie sehen nicht aus, als ob Sie das wollen, ich meine, beten. Aber das macht nichts, das Beten ergibt sich von selbst, ganz nebenbei ohne Sinn und Verstand, manchmal auch gar nicht. Was mich betrifft, es hat sich einfach so eingestellt, als jemand mich zwang, in die Knie zu gehen und im letzten Moment auf eine Leiter zu steigen, die ich gar nicht besteigen wollte.

Bruder Martin legte die Hand auf sein Knie, nicht auf das rechte, sondern auf das linke, weil das linke die ganze Geschichte enthält, eine Geschichte, die ich nicht hören will, weil sie dem Bruder allein gehört. Was geht mich diese Geschichte an, die Geschichte vom Knie, das nicht knien kann, weil der Bruder versucht hat, ein Kreuz hochzuhalten, als die Jungfrau die Leiter nach oben bestieg und ein letztes Mal ihre Arme ausstreckte und nach einem Kreuz rief, das gar nicht da war.

Wissen Sie, was das bedeutet? Ein Kreuz hochzuhalten, das es nicht gibt, das niemand von uns in den Händen hält? Jede Nacht höre ich wieder diese Stimme, Bruder, zeig mir das Kreuz, und jede Nacht renne ich in die Kirche, um der Jungfrau das letzte Kreuz zu beschaffen, wobei ich mich jedes Mal haltlos verirre, als wäre ich nie in der Kirche gewesen, als beträte ich sie zum ersten Mal.

Dabei kommt mir die Kirche bekannt vor, denn tausendmal bin ich schon dort gewesen, natürlich nicht nachts, sondern immer bei Tag, mein zweites Zuhause. Als wüsste ich nicht, wo sich das Kreuz befindet. Man hat mich in dieser Kirche getauft, dort habe ich den Leib Christi empfangen, ein paar Jahre danach den Heiligen Geist, der mich zwang, in sämtlichen Sprachen zu sprechen und auf Stimmen zu hören, die selten genug meine eigenen sind. Aber was macht man gegen empfindliche Ohren? Englisch, französisch, das ist ja nur ein Gedankensprung. Vor allem nachts sind die Ohren empfindlich, wenn die Jungfrau mir wieder und wieder erscheint und mich bittet, endlich das Kreuz zu holen, um ihr den Abschied leichter zu machen.

Und jede Nacht dieselbe Geschichte, nichts als ein Traum, in dem ich hinüber zur Kirche renne, um entschlossen das Kreuz aus der Fassung zu bringen, und danach mit dem Kreuz auf den Alten Markt, an die frische Luft, wo achthundertachtzig Soldaten stehen, die brüllen und fluchen und nicht wollen, dass ich die Leiter besteige.

Achthundertachtzig Soldaten aus England. Aber im Traum bin ich stark, in besonderen Nächten sogar rücksichtslos, ich schlage mich durch. Ich schlage einfach mit dem Kreuz in die Menge, nach links und nach rechts, nach oben und unten, bis ich mir endlich Zutritt verschaffe und im letzten Moment die Leiter erreiche, während der Henker das Feuer entfacht.

Und ich höre die Jungfrau, die im Vergleich zu mir sehr weit oben steht und erbärmlich laut JESUS MARIA schreit, während ich auf die erste Sprosse steige, dann auf die zweite, danach auf die dritte, freihändig weiter von Sprosse zu Sprosse, das Kreuz in zwei doppelt gefalteten Fäusten, wobei ich, um ihr und mir Mut zuzusprechen, laut die Stufen von unten nach oben zähle.

Aber jede Nacht rutsche ich ab. Und jede Nacht auf der sechsten Stufe, wenn das rechte Bein längst auf der siebten steht. Denn irgendwie kommt das linke nicht nach, immer bleibt es irgendwo hängen und zieht mich nach unten. Und so kommt es, dass ich jede Nacht falle, weil das linke Bein die entscheidende Sprosse verfehlt. Keine Aussicht auf Rettung, ich falle nach unten und bleibe liegen. Und wenn ich in Schweiß gebadet erwache und rufe, GOTT SEI DANK, also nichts als ein Traum, stelle ich fest, dass mein Knie völlig steif ist, das linke Knie, das mir deutlich sagt, dass ich nicht träume. Und falls doch, dann nur das, was wirklich geschah.

Er sprach sich in Hitze, während ich in der Tasche nach der letzten Nuss suchte. Sobald der Bruder zu sprechen aufhört, wird sie in zwei schlichte Hälften zerfallen, genau wie der Helm und der Mantel. Liebe Nuss. In zwei ungleiche Hälften, in ein Leben davor und in ein zweites danach, das so kurz ist, dass man keine Luft holen kann.

Aber ich laufe nicht mit, denn ich sehne mich nach menschlichen Stimmen, nach Händen und Schlaf, nach einer verlässlichen Decke und nicht nach dem hohen Sopran einer Jungfrau, die mit dem kleinen englischen Kreuz in der Hand trotzig dem Tod auf die Schaufel springt, um danach leicht nach rechts aus dem Bild zu verschwinden oder, um mich zu foppen, direkt nach oben. Während Bruder Martin auf seine Uhr blickt und sagt: Noch zwei volle Tage!

Zwei Tage, die ich noch totschlagen muss, damit die Geschichte zu Ende geht. Und weil ich mich vor dem Totschlagen fürchte, fange ich an, Französisch zu lernen und Bücher zu lesen, die mir erklären, wo ich jetzt bin und dass es sich lohnt, nach Frankreich zu kommen, um endlich die Stadt ins Visier zu nehmen, in der man eine Jungfrau verbrennt.

Wie gut dagegen hat es der Bruder, der hier seit jeher zu Hause ist und sich nicht mit Betrachtungen aufhalten muss. Haut und Kostüm fallen nützlich ins eins, sobald wir am Bahnsteig den Zug verlassen und die Rue Jeanne d'Arc Richtung Seine gehen, vorbei an einem gewaltigen Turm, der uns nicht interessiert, weil der Turm uns auch nur weismachen will, Johanna hätte darin gesessen, während sicher ist, dass Johanna nicht saß, weil sicher ist, dass sie lief oder rannte, wahrscheinlicher aber ist sie geritten. Trab, Galopp, das ist mir egal, jedenfalls immer weiter die Straße hinunter, zur rechten die prächtige Kathedrale, die Johanna auch nicht von innen sah, und die auch ich niemals sehen werde, denn die Stadt versteckt sich hinter großen Kulissen, auf denen in riesigen Buchstaben steht: WIR BAUEN UM.

Von mir aus, baut um. Baut in den Himmel. Aber Damen und Herren, für wen immer gebaut wird, Geduld ist gefragt, denn der Bau finanziert sich durch eine Steuer, die uns fastend erlaubt, trotzdem Fleisch und Butter zu essen. Und rechts von der herrlichen Kathedrale die gleichfalls große und herrliche Uhr, ein einziger großer Finger nach oben. Vermutlich der Zeigefinger Gottes, der einzige, der die Zeit auf den Punkt bringt und von dem wir leider bis heute nicht wissen, ob es der linke oder der rechte ist. Nicht einmal Bruder Martin weiß das, was mich in Schwermut und Nachdenken hüllt, denn wer, wenn nicht er, weiß, wann die Stunde uns schlägt. Und, viel wichtiger, wem?

Ganz unter uns. Ich habe längst den Eindruck gewonnen, dass er genau wie ich gar nicht weiß, wie spät es in Frankreich tatsächlich ist, denn im Vormittagslicht auf dem Bahnsteig von Rouen sah ich deutlich, wie erschöpft der Bruder in Wirklichkeit ist und wie satt er es hat, seinen Mantel zu teilen, auch wie mühsam es ihm geworden ist, das linke Bein mit Heiterkeit nachzuziehen und Neugierige durch eine Stadt zu führen, auf die überhaupt niemand neugierig ist.

Denn der Kopf und das Herz sitzen längst in den Knien, schon bevor wir scharf nach rechts biegen müssen, um endlich auf dem Alten Markt anzukommen, in dessen Mitte eine hässliche Kirche steht. Hundert Jahre Krieg und kein Ende, wahrscheinlich die hässlichste Kirche von allen, eine Kirche, die uns an nichts als den Nachkrieg erinnert.

Also. Weder an Jeanne noch an Jehanne und erst recht nicht an Johanna d'Arc oder Tarc oder Tart, von mir aus auch Day. Die Tochter von Isabelle und Jacques, die nebenan in der Brasserie d'Arc das Gedächtnis an ihre Tochter verhökern, indem sie Salate und Schnäpse anbieten, die alle nach einer Jungfrau benannt sind, die lieber mit den Soldaten geht, als sich endlich die Schürze umzubinden und mit leeren Tabletts vor die Tür zu treten, auf einen Platz, auf dem auch im Mai niemand sitzt, weil es immer noch kühl und regnerisch ist.

Aber das war im Mai des Jahres Vierzehndreieins, und vielleicht wird heute das Wetter ja besser, wer kann das schon wissen. Also. Kinder, wir geben die Hoffnung nicht auf, manchmal hebt sich die Stimmung von selbst, sobald wir begreifen, dass das alles schon sehr lange her ist und folglich so gut wie schon hinter uns liegt und vor uns nur noch das kleine Museum, das in Wahrheit gar kein Museum ist, sondern auch nur ein Hinterzimmer, die Vorratskammer vom Alten Markt, in dem ein historischer Bauchladenmann freundlich seinen Geschäften nachgeht.

Vorne die Karten, Broschüren und Vasen, Anstecknadeln und Taschenmesser, lauter geschrumpfte Johannen zu Pferd. Und unten im Keller die kurze Geschichte, die man ziemlich schnell hinter sich bringt, sobald Bruder Martin die Führung macht. Denn Bruder Martin führt hier seit Jahren und weiß, was ein Kind zu verlieren hat, allem voran seine Zeit.

Geht mir genauso. Also schloss ich mich einfach der Gruppe an, die aus mindestens achtzig Kindern bestand, die unter der Führung von vier strengen Lehrern plötzlich den kleinen Bauchladen stürmten, um sich dann an die Fersen des Bruders zu heften, die Treppe hinunter in eine düstere Gruft, die Johannas kurze Geschichte enthält.

Jeanne. Jehanne, Johanna von Tarc, wie einfach deine Geschichte ist, wenn Bruder Martin sie nacherzählt, eilig und hinkend, von Station zu Station, erst der Sieg, dann die Niederlage. Vom Schaf zum Schafott, das ist ja nur eine Silbe, ein Wind, der sich dreht, kurz wie ein französisches Mädchen, das sich eines Tages die Haare abschneidet und entschlossen die Puddingschüssel vom Tisch nimmt, ist ja sonst kein Helm da. Man muss sich eben zu helfen wissen. Hundert Jahre Krieg, eine Not, die Kinder erfinderisch macht.

Genau. Also einfach die Schüssel vom Tisch genommen und entschlossen als Helm auf den Kopf gesetzt. Dann steht man auf und geht durch die Tür, ohne dabei den Kopf einzuziehen. Und obwohl Johanna wirklich sehr klein war, womöglich sogar noch viel kleiner als wir, hätte sie jetzt den Kopf einziehen müssen, denn die Tür war niedrig, ein Bauernhaus um Vierzehnzweiacht, in dem auch Kinder den Kopf einziehen müssen. Sie steht also auf und geht durch die Tür und dreht sich nicht um.

Kinder, das dürft ihr niemals vergessen, versprecht mir, dass ihr das niemals vergesst, die zwei einfachsten Dinge des schwierigen Lebens: Zieht den Kopf niemals ein, und dreht euch nicht um! Ganz egal, wer hinter euch steht. Sagt nicht Bescheid! Kein Wort und kein Abschied. Wer zögert, verliert. Wenn man weiß, was man will, gibt es nichts zu besprechen. Und kein Winken. Weder mit rechts noch mit links, keine flüchtige Kusshand und kein leises Au Revoir. Man geht einfach los. Man geht einfach los und der Nase nach, die Nase im Wind. Und wenn er sich dreht, geht man trotzdem weiter, denn, unter uns, alles andere ist sinnlos. Wie billiges Wachs, denn Wachs schmilzt immer, sobald sich der erste Einwand erhebt.

Die Kinder lauschten mit offenen Mündern, während Bruder Martin nach vorne hinkte, von Station zu Station, vorbei an in Wachs gegossenen Schafen, an Eltern und Brüdern und Schwestern aus Wachs, an dem Spinnrad aus Wachs, an dem Feenbaum aus Wachs, Margareta und Katharina aus Wachs, ein Engel aus Erz in Wachs gegossen, der wie immer den Namen Michael trägt, und neben dem Engel der Brunnen aus Wachs, in dem jeder von uns zur Strafe ertrinkt, falls er flucht, sobald er die Jungfrau erblickt.

Eine Jungfrau, gleichfalls in Wachs gegossen, sehr groß und blond, die Beine lang und die Hände gefaltet und die Augen himmelwärts verdreht. Blaue Augen, versteht sich. Denn vergesst nicht, wir sind hier nur im Museum, rief Bruder Martin und schob seine Taucherbrille zurecht. Niemals vertrauen auf das, was man sieht, die Wirklichkeit sieht ganz anders aus. Oder habt ihr jemals von einem gehört, der Karl heißt und rote Kniehosen trägt?

Alles aus Illusion und aus Wachs. Karl der Siebte aus Wachs, sein Kinn aus Wachs, lauter verwöhnte Wünsche aus Wachs. Daneben die wächsernen Waffenbrüder,

Dunois in einem Ostwind aus Wachs, der sich nach wächsernem Westwind sehnt, La Hire, gehüllt in einen Mantel aus Wachs, lauter Glocken, die brennen, aber nicht klingen, ein Stummfilm, in dem die Posaune fehlt. Ein Bischof aus Wachs, drei Schreiber aus Wachs, achthundertachtzig Magister aus Wachs, zehn Gebote aus Wachs, nur Loiseleur und de Rais waren nirgends zu sehen.

Und hier die allerletzte Station, der Karren aus Wachs, auf dem eine wachsbleiche Jungfrau sitzt, flankiert von drei englischen Wachssoldaten, die müde aussehen, beinahe friedlich, auf den Wachslippen farblose wächserne Flüche, während der Bruder aus Wachs das Wachskreuz schwenkt und ein wachsweißer Henker das Feuer schürt, das brennt wie achthundert freundliche Kerzen. Und das alles im Angesicht einer Mütze, die nicht aus Wachs ist, sondern nur aus Papier, und auf der in großen Buchstaben steht, was Peitsche bis heute nicht schreiben kann, eine Beidhänderhandschrift aus Triumph und Verzweiflung: GOTTLOS, RÜCKFÄLLIG UND VERSTOCKT.

Von mir aus, rief Bruder Martin lachend. Aber hat man jemals von einem gehört, der sich mit Wörtern zufriedengibt, wenn es um ganze Geschichten geht? Kinder, reißt euch die Mützen vom Kopf, und zeigt mir die Ohren, damit wir hören, was sonst keiner hört, alle Stimmen, die für Johanna sprechen! Was übrigens die Führung betrifft, damit sind wir am Ende, was dagegen Johanna betrifft, so fängt die Geschichte erst an. Und zwar jetzt und gleich hier.

Denn wir befinden uns jederzeit doppelt im Krieg, einer nach außen und einer nach innen, auch wenn kein Lehrer das zugeben wird. Aber das macht nichts. Wir sind vorbereitet und ausgerüstet. Denn Gott hat mehr als ein Pferd erschaffen, bricht das eine zusammen, besteigt ihr das nächste. Und auch Schwerter erschuf er in Hülle und Fülle, zerbricht das eine auf dem Rücken des Feindes, nehmt ihr einfach dem Feind das Schwert aus der Hand und erschlagt ihn mit seiner eigenen Waffe. Auge um Auge und Zahn um Zahn.

Die Kinder starrten den Bruder an, denn natürlich trugen sie gar keine Mützen, schließlich ist Mai. Dafür hoben sie zwei Mal achtzig Hände und schoben die Hände hinter die Ohren, einhundertsechzig gespitzte Ohren, die sofort begriffen, wovon Bruder Martin sprach. Bis ein kleines Mädchen, das fest an der Hand seines Lehrers hing, plötzlich leise und deutlich fragte: Und wo ist Johanna, wenn alles vorbei ist? Im Himmel, wo sonst, sagte Bruder Martin. Und wo ist der Himmel, fragte das Mädchen entschlossen zurück.

Große Stille im kleinen Museum, nur das Knirschen der Zähne der begleitenden Lehrer, die in den Taschen die Fäuste ballten, kann auch sein, sie falteten rote Karten. Die Kinder hielten den Atem an. Der Himmel ist eine Puddingschüssel, sagte Bruder Martin, ein weißer glänzender kühlender Helm, unter dem man hört, was man sonst nicht hört. Wer ihn trägt, wird es fühlen, wer es fühlt, wird es wissen, wer es weiß, kann es sehen, und wer es sieht, behält es für sich. Und übermorgen gehen wir feiern. Am Ufer der Seine.

Der dreißigste Mai. Zwei Ufer der Seine. Ein linkes, ein rechtes.

Erkenne die Jungfrau, die Uhr, die sich nicht auf den Punkt bringen lässt, und das allerletzte Kalenderblatt, das sich im Feuer auf die andere Seite dreht und für immer verschwindet, bevor jemand das Datum entziffert, an dem die Geschichte zu Ende geht, von der Bruder Martin behauptet, sie fängt jetzt erst an. Er nahm mich beim Arm und schob mich eilig und hinkend am Ufer entlang, bis wir jene Stelle erreichten, von der er behauptet, dort sei es gewesen, wo Massieu Johannas Herz und die Asche mit der Sonne zusammen ins Wasser warf.

Von mir aus. Aber jetzt ist es hell, die Welt geht nicht unter, die Sonne steht wieder hoch am Himmel. Der Tag ist grün, die Luft ist grün, die Menschen sind grün, womöglich auch blau, wer kann das schon wissen. Lauter blaugrüne Ritter auf Urlaub, die Fahnen tragen und Körbe mit Blumen. Blumen, die sie nachher ins Wasser werfen, um Johannas riesiges Grab zu schmücken, ein großes graugrünes fließendes Grab, einen Grabstein aus Schiffen, unterwegs in die Welt. Flankiert von achthundertachtzig Damen und Herren, von Kindern und Lehrern, von Schaffnern und Zöllnern, von Apostelchören und Waffenbrüdern, die Lieder singen und Fahnen schwenken: ES LEBE DIE JUNGFRAU.

Auch ich möchte singen, aber ich kann nicht, ich kann beim besten Willen nicht singen, obwohl mir der Text bekannt vorkommt. Aber etwas hält meine Zunge zurück, die aufgeht wie Hefe und langsam den ganzen Mund ausfüllt, die Luft wird mir knapp. Vielleicht weil die Angst mich verlassen hat, weil mich niemand mehr führt. Nur noch der Bruder, aber wer sagt mir, dass sich Bruder Martin nicht täuscht?

Woher will er wissen, was wirklich war, woher weiß er, dass die Geschichte stimmt und dass wir genau an der Stelle stehen, an der das Herz samt Asche verschwand? Und selbst, wenn es wirklich die Stelle wäre, wer sagt mir, was

Massieu dort getan hat? War es wirklich das, was geschrieben steht? Vielleicht haben die Schreiber das Ganze erfunden, auf der achthundertachtzigsten Angstkonferenz, als sie beflissen die Stille abschrieben, bis die Stille so unerträglich wurde, dass sie sich nach einem Ende sehnten, das auch der dümmste Leser versteht: Ein Herz, das nicht brennt.

Verfluchtes Herz! Das eine verbrennt, das andere nicht, der eine schwimmt, und der andre geht unter. Vielleicht hat Massieu überhaupt nichts ins Wasser geworfen, oder nur einen Stein, der sofort versank. Möglich ist auch eine flüchtige Kusshand, mit der er noch etwas ausdrücken wollte, bevor er sich eilig umgedreht hat, um mit raschen Schritten nach Hause zu gehen, in der linken das Herz, in der rechten die Asche, um zu Hause endlich die Flasche zu öffnen und die Sache möglichst schnell zu vergessen.

Wüsste man, wo sein Mantel hängt, dann könnte man seine Taschen durchsuchen, und falls ich dort nicht fündig werde, gehe ich einfach ins Nebenzimmer, wo sich zwischen alten Papieren und Akten womöglich ein Beutel mit Asche befindet, gleich neben der Mütze. Auch das Herz könnte leicht zu finden sein, man müsste einfach dem Klopfen folgen, sofern man die passenden Ohren hat. Aber wer von uns hat schon passende Ohren?

Totenstille am Ufer. Aschermittwoch am dreißigsten Mai. Ein Gedankensprung, und schon dreht sich der Wind. Es dreht sich der Wind. Die Musik verstummt, die Sonne verschwindet. Die Frauen stellen die Körbe zu Boden, und die Kinder suchen die Hände der Lehrer, die alle in eine Richtung starren, aus der der Wind kommt und die Angst vor der Tiefe.

Ich erkannte Peitsche sofort. Geliebter Gegner, da bist du ja endlich! Ein kurzer Kopfsprung, ein kühner Schwung. Arme wie zwei zierliche Flossen, mit denen er jeden Fluss durchpflügt und jeden Fluss richtig. Keine Frage, er weiß genau, dass ich da bin und dass ich ihn sehe, er beschenkt mich, indem er sich selbst überbietet, indem er mir für immer davonschwimmt. Ich bleibe staunend am Ufer stehen, ich möchte auf keinen Fall schwimmen müssen. Von nun an bis in die Ewigkeit will ich für immer sein Zuschauer sein, nur noch staunen, die Hände gefaltet zum großen Applaus.

Und wie hoch schlägt mein Herz! Sehr hoch und von weitem, während Peitsche schwimmend im Wasser kniet, nur so drückt man schließlich Verehrung aus. Die Taucherbrille trägt er mit Stolz, als hätte er einen Preis gewonnen.

Die Seine verwandelt sich in einen Hörsaal, aber kann er mich hören? Er hört mich nicht, aber ich höre ihn. Das Klatschen des Wassers, ein scharfes Peitschen, das gezielte Zerschneiden der Oberfläche, die nur scheinbar hart ist, immer flüchtig und niemals zu fassen. Ich höre sein leises hastiges Atmen, das regelmäßige Holen von Luft, von unten nach oben, von oben nach unten, ein Jungfrauenatmen, einen Körper, der sich nur an sich selber verliert und der mich für immer zurücklassen wird, weil ich ihn niemals einholen kann.

Ob er schwimmt? Ob er fliegt? Kann auch sein, dass er reitet und dass er dabei an Johanna denkt, weil er neben ihr in der Schlacht schwimmen möchte. Aber Wasser ist eine verfängliche Rüstung, ein schlechtes Kostüm, ein feuchter, wenig verlässlicher Mantel. Wasser ist nur von weitem schön, als ferne Aussicht von einem Balkon, nur solange man nicht hineinspringen muss. Genau wie der Krieg.

Ein heller geschmeidiger Fisch im Wasser. Warum willst du mich täuschen? Du kannst mich nicht täuschen, du bist nicht Johanna, du bist nur ihr Schatten. Auch deine Hände retten dich nicht, sieben Finger hoch in die Luft, die immer dieselbe Frage stellen: Tauche ich, oder tauche ich nicht?

Also. Wann tauchst du ab, du hast nichts zu verlieren, nur das weiße Hemd und den wachsweißen Kopf und den herrlichen schmalen wachsweißen Kragen, der nach unten ein wachsweiches Herz bedeckt, über alles verliebt, aber nur in sich selbst, schwach und ziemlich erschöpft in den Gesten.

Macht nichts, das sind wir ja alle. Nur Johanna ist nicht in sich selbst verliebt, ein Hase aus Angst, ein Kind unterm Helm, ein Helm aus Papier. Was dagegen Peitsche und mich betrifft, wir sind längst erwachsen und wissen genau, dass wir viel zu lange gezögert haben, um jetzt einfach so auf den Grund zu tauchen, wo es von Asche und Herzen wimmelt, genau wie oben, wo man sich auch nie entscheiden kann. Denn so oder so, ob zu Land oder Wasser, mir fehlt einfach das Unterscheidungsvermögen. Ich kann das Herz von der Asche nicht trennen, nicht den Abgrund vom Himmel und das Grau nicht vom Grün, die einfachste leichteste Übung von allen. Ich bin immer noch neunzehn.

Also höchste Zeit, in den Fluss zu springen, sagte Bruder Martin und schob mich nach vorn, auf die kleine Leiter, sieben eiserne schmale Sprossen, die von hier direkt in die Seine führen. Auf der sechsten Stufe rutschte ich ab und fiel von selbst ins Wasser. Johanna brennt, und ich schwimme, Arme und Beine weit geöffnet, und immer voran.

Ach! Kinder, wie schön diese Blumen sind, die links und rechts auf dem Wasser schwimmen, während ich stur versuche, die Spur zu halten. Peitsches Spur, den Kopf über Wasser und himmelwärts, eine Kunst, die ich auch nicht beherrsche, weil mich mein menschlicher Körper nach unten zieht, das Knien auf dem Wasser lerne ich nie. Und wie leid es mir um die Blumen tut, die genau wie ich langsam nach unten sinken, weil sie das Wasser schwer gemacht hat.

Überhaupt. Warum bin ich im Wasser? Wohin soll ich schwimmen, wo liegt Frankreich, wohin will ich kommen? Und was will ich Johanna schwimmend beweisen? Dass ich die Schwimmergebete beherrsche, weil ich weiß, wie man Arme und Beine faltet? Dass ich weiß, wie man paddelt? Dass ich weiß, wie man flieht? Oder wie man dem Fluch des Professors entkommt? Dem Fluch des Professors entkommt man nicht, nicht schwimmend, nicht kraulend, eine Flucht ist in Wahrheit unmöglich. Selbst wenn wir ein gutes Tempo vorlegen und uns, beide Ohren längst unter Wasser, so schnell es geht von den Stimmen entfernen.

Lauter Stimmen, die sich erst in der Tiefe verlieren, wenn Peitsche und ich wirklich zu tauchen beginnen, bis auf den Grund, nach Mützen und Kronen, absichtslos, rückfällig und verstockt, bis wir überhaupt nichts mehr sehen und auch nichts mehr hören, weil wir tauchend im siebten Himmel sind, im Zimmer der Angst, von dem wir nicht wussten, dass es gleich hinter der Küche liegt.

Heilige Einfalt, jenseits der Küche geht es ums Ganze. Also höchste Zeit, alles zu geben! Und nicht vorschnell die weiße Fahne hissen! Wie sollen wir sonst eine Mütze finden, an der wir immer noch hoffnungslos falten und die uns von Grund auf niemals gelingt? Ein Rätsel, das wir nicht lösen werden, ewig und kurz. Weil wir uns nach menschlichen Aufschriften sehnen, die sich im Wasser längst aufgelöst haben.

Das war Ende Mai. Zwischen neun und halb zehn. Ein kurzer historischer Augenblick, in dem Peitsche mich aus der Seine zog und prüfend meine Waden gegen das Licht hielt. Danach meine Schultern. Dann kurz in die Knie und die Stirn auf das Pflaster. Kinder. Wir sind wieder da. Wir sind wieder ganz. Bruder Martin hält den Stern in die Höhe. Und weit und breit kein Professor in Sicht.

Umso besser. Ein Kuss in die Luft, ein Pfiff durch die Zähne, wir sind wieder da. Peitsche wickelt mich fest in die Decke. Er trocknet mich ab, und ich lache. Peitsche lacht, und ich trockne ihn ab. Ich nehme zwei Blüten aus seiner Frisur, die seinen Kopf wie zwei farbige Scherben bedecken.

Und morgen, falls es das Wetter erlaubt, werden wir uns duzen.

Mein Dank gilt der Stiftung Schloss Leuk und der Burgschaft von Leuk für einen mehrmonatigen Aufenthalt in der Einsiedelei der Ringackerkapelle.

Meiner Familie und meinen Freunden danke ich für ihre Geduld und dem Dichter Ossip Mandelstam für die Angst, die mich jederzeit bei der Hand nimmt und führt. Wenn die Angst bei mir ist, habe ich keine Angst.

Dartmouth, Hanover, New Hampshire, im Mai 2006
Felicitas Hoppe